救聖皓輝《スペクトルメシア》
ソルインティ
【?】
オロ：えーやないですか。その分、魔界でも伝説と言われとる力を手に入れたんですし。じゃ、サクッと腐れ神族とあちら側の魔法少女とやらを全殺しにしましょうや。
瑠奈：その前に……あんたを殺してやる——っ!!
ソルインティ：……あの、私、無視されてます？

CONTENTS

魔よりも黒くワガママに魔法少女は夢をみる

根木健太

FB
Famitsu Bunko
ファミ通文庫

口絵・本文イラスト／kino

一章 幻身！ あたしが慟哭屍叫!?

この時間に起きるのが、すっかり習慣になってしまった。

「むー……」

日曜日、朝。

あたしをふくめた学生にとっては貴重な寝坊の機会だ。先手を打って、まだ鳴っていない目覚ましのスイッチを切った。

あたしは布団をかぶり直してお日様の光を遮《さえぎ》る。心地いい暗さに包まれて、またうつらうつらとまどろみの中に――

「瑠奈《るな》ー、起きろ、瑠奈ー」

入ろうとしたところでこのように兄に起こされるのも、もう毎週のことだった。

だけど今日は、今日こそはこの幸せタイムをあと五時間だけ……。

「瑠奈！　早くしないとプラナリキュア始まっちゃうぞ！」

いや確かに今週あたり六人目が増えそうなフラグは立ってたけど、別に見たいわけじゃないしどーせ兄ちゃん録画《ろくが》してるし――

「るーなー！」

「ぬぶぐぅ」

肺から意味不明かつ女の子らしからぬ声が漏れたのもむべなるかな。一気に覚醒《かくせい》した頭をそちらへ向けて捻《ね》じ曲《ま》げると、そこには予想通りの光景が広がっていた。

ベッドの上、あたしの体に布団越しに跨《また》るように兄が飛び乗ってきていた。いわゆるお兄ちゃん起こし――いや、今あたしが名付けたけど。と言うかこれはあくまでお兄ちゃんを起こすわけであって、お兄ちゃんが飛び乗る側に回るというのは内臓《ないぞう》とか非常に危険なので絶対におやめくださいって言っても聞かないのよねこの兄は。

「……いつも言ってるけど、それは女の子がやるからこそ許される行為《こうい》だからね」

苦言を呈《てい》しながら、体を起こそうともがく。兄はあたしが観念したと見るやいそそとあたしの体の上から立ち退《たの》きつつ、

「呼んでも起きないからだろう。ほら、早く来ないと始まるぞ」

などと言い残して足早に居間の方に去っていった。あたしは一人、自室に残される。

「ったく……」

布団を撥《は》ね除《の》け一気に体を起こすと、ベッドの横、窓のカーテンを両手で摑《つか》み左右に思いきり開いた。シャッと小気味のいい音とともに、朝の日差しが目を刺《さ》す。思わず目をすがめた――けど、じわじわと頬《ほお》が熱を帯びてくるのも手伝って、その眩《まぶ》しさも慣れてしまえば心地がいい。

しばらくこうしていたい気分になるけど、これ以上のんびりしてるとまた兄がうるさく呼びにくるに決まってる。換気《かんき》のために窓を開けると、あたしも部屋を出た。

これがあたし――望月《もちづき》瑠奈の、休日の朝の迎え方だった。

「……うー、腰が」

　頭をかきながら居間にふらふらと歩いていくと、すでに兄はソファに座ってテレビの前でスタンバイしていた。あたしとは対照的に、朝っぱらにもかかわらず眠そうな素振りはまったくない……まあ、どうせこの前の時間にやってる特撮《とくさつ》番組もしっかり見てたんだろうけど。

「瑠奈、早く座りなさい」

　あたしはあくびを隠《かく》しもせず、滲《にじ》んだ目をこすりつつソファに座る。するとタイミングよく、画面がカラフルなアニメ調に切り替わった。

　何だか緊迫《きんぱく》した会話シーンが数分ほど続いたところで、アップテンポのメロディと共に画面いっぱいにタイトルが映し出される。

『みんなはプラナリキュア』。見たまんま、女の子向けのアニメだ。

　とは言え、画面に食らいついてる兄を見てもわかるように、最近は大きなお友達の男の子にも人気みたいだけど……少なくとも本来は、高校生の兄妹《きょうだい》が並んで見ることを想定した番組ではないと思う。

　しかし製作側の意図《いと》がどこにあろうと、兄の眼鏡越《めがねご》しの視線がこれ以上ないくらい真《しん》剣《けん》にテレビに注《そそ》がれているのもまた事実。

　あたしも考えるのをやめて、テレビに視線を戻した。

『ミヤ――っ!!』

ナミ……プラナリピンクの悲痛な叫びが木霊《こだま》する。しかし無情にも、カイボーンの鋭いメスによって五体をバラバラに切断されたミヤは地に転がった。

けど、それで終わったわけじゃなかった。

『大丈夫よ――だって』

死んだかのように見えたミヤは、しっかりとした瞳でナミに微笑《ほほえ》みかける。

『あなた、まさか……!?』

『私は、もう逃げない！　だって私は――』

いつの間にか元の完全な体を再生させ、立ち上がるミヤ。

『チェンジ！　プラナリキュア!!』

変身ツールを高く掲げて叫《さけ》ぶミヤ。

瞬間、輪切りになるようにほどけていった服が光に包まれ、再び集まって別のコスチュームを形作っていく。

そして大地に降り立ったのは、紫の戦闘衣装に身を包んだミヤ。

『六人目の……プラナリキュア……！』

ピンクの呟《つぶや》きが、仁王立《におうだ》ちする六人目の背中に投げかけられる。

一人増えたところで敵ではないと思ったのか、先程の二の舞にせんと襲《おそ》いかかるカイボーン。しかし――

『ヌウッ!?　これは!?』

足を何かに釘《くぎ》づけにされ、動くことができない。

それはさっき落とされた、ミヤの右腕だった。その腕が敵の足首をしっかりと握《にぎ》り締《し》め、自由を奪っていた。さらに見る見るうちにその切断面から体が再生し、手足が、頭が生《は》えてくる。数秒後には、元のミヤと寸分違《すんぶんたが》わない分身が出来上がっていた。見れば、まったく同じ外見の分身が都合四人。カイボーンの動きを遮《さえぎ》るように立ちふさがっている。

『行くわよ！　みんな！』

元々のミヤが……プラナリバイオレットが、ポーズを決めながら雄叫《おたけ》びを上げた。それに応える五人のプラナリキュア。

『うん！』ピンク。

『オッケー！』イエロー。

『任せて！』ブルー。

『行きましょう！』グリーン。

『しくじったら承知しませんわよ』ホワイト。

バイオレットの本体も加わって大跳躍《だいちょうやく》、高く舞い上がった六人が、空中で円陣《えんじん》を組むように合流し——一斉に、足を突き出す！

『セクスタプル・プラナリアタークック!!』

六人のキックが同時に、カイボーンの核《かく》となる胸の黒いクリスタルに命中。ついさっき五人で同じことをしてもピンピンしてたはずの敵は、あっさりと雲散霧消《うんさんむしょう》した。

●

——お決まりの仲間に迎《むか》え入《い》れるシーンの後、エンディングが流れ始める。あたしはソファに背中を預けて大きく一つ伸びをした。

しっかし、今週はまだ変身しただけだというのに、早々と新キャラのおもちゃのＣＭ流してるのってどうなのかしら。思いっきりネタバレよね、これ。

次回予告も終わり、「またみてね！」の画面が終わったところでようやく、それまで食い入るように画面を凝視《ぎょうし》していた兄がこっちに帰ってきた。

そうして一仕事終えたような満足げな溜息《ためいき》を一つ吐《つ》いて、

「るなもおおきくなったらプラナリキュアになろうなっ」

最高の笑顔で世迷言《よまいごと》をのたまう。

兄——望月漣治《れんじ》は、要するにオタクだった。

あたしは対照的に疲労感たっぷりの溜息を吐き出して答える。

「いや大きくってあたしもう高校生だし。大体、あたしは兄ちゃんに付き合わされて仕方なく見てるだけだし——」

後半、若干《じゃっかん》視線が泳いでしまうのを抑えきれなかった。けどそんなことより——

「——!! 瑠奈ッ!!」

急に強い口調で兄が怒鳴《どな》ったかと思うと、いきなりあたしの頬が引《ひ》っ叩《ぱた》かれた。

「な……何よ……!?」

意味がわかんないまま、ぶたれた右の頬を押さえながら兄を睨《にら》みつける。

対する兄も、至極《しごく》真剣な目で自分の胸に手を当て——

「いつも言っているだろう! 俺のことは『お兄ちゃん』と呼びなさい!!」

「知るかぁ——っ!!」

あたしのフック気味の拳が兄の左の頬にめりこんだ。

「——ふうん。ま、お兄さんらしいと言えばらしいじゃん」

あたしの話……もっとはっきり言えば愚痴《ぐち》を聞き終わった京子《きょうこ》の感想は、まあそんなもんだった。

学校の食堂で二人でお昼を食べながら、あたしは昨日の朝の顚末《てんまつ》を京子に語っていた。

京子とは中学時代からの付き合いで、ウチの兄とも面識《めんしき》がある。というわけであの趣《しゅ》味《み》性格も知ってるわけだけど——

だからって当然のような反応をされるのも、相談してる側としては面白くない。

「いやでも、顔殴られるのはさすがにらしいで済ませられるレベルじゃ——」

「瑠奈だって殴り返したんじゃない？　どうせ」

……はい、グーで。

即座《そくざ》に切り返されて口籠《くちごも》る。その反応を肯定《こうてい》と取った京子はそれみたことかと続ける。

「ね。兄弟姉妹なんてそんなもんっしょ。ドツキ合うか完全無視か、大体その二極」

手をひらひら振りながら知ったような顔で言う京子。確か一人っ子だったはずだけど。

「……ま、とは言ってもあの言動のぶっ飛びっぷりは確かに同情に値《あたい》するけどね。せめてもーちょっと分別《ふんべつ》ついてればねー。もったいないわほんと」

もったいない——京子がそんなことを言い出すのもいつものこと。なぜか彼女の兄に対する評価《ひょうか》は存外《ぞんがい》に高い。

いや、京子だけじゃない。どういうわけかウチの兄は、学校では成績もよく、それなりの人望《じんぼう》を獲得《かくとく》していたりする。それも恐ろしいことに、あの趣味性格を隠しもしないにもかかわらずだ。女子からの人気はやや微妙《びみょう》なところだけど、たまに京子みたいな意見も出てくるから侮《あなど》れない……もちろん、その後には必ず〝性格さえマトモなら〟という言葉と嘆息《たんそく》がセットになってくるけど。

「はあ……みんな絶対騙《だま》されてるわよ。あんなエキセントリックなのと一緒に暮らさなきゃいけない苦労を少しはわかってほしいもんだわ」

ぼやくあたし。しかし京子はこのネタでの愚痴はもう聞き飽きたとばかりに、相槌《あいづち》すら返してくれなかった。

そしてそのままあたしの憂鬱《ゆううつ》な顔を丸っきり無視して話を変える。

「ま、兄妹仲が良いのは羨《うらや》ましい限りだけどさ……それより肝心《かんじん》の先輩とはどうなのよ」

いきなりの問いに、心構えができてなかったあたしは視線をさまよわせる。

「ど、どうって……別にまだどうも……」

答える声がしぼんでいくのが自分でもはっきりとわかった。

京子が言ってるのは、機織《はたおり》先輩のことだ。

機織悠人《ゆうと》先輩。この砺波《となみ》高校の三年生で、生徒会会長。副会長をしている兄とは中学の時から仲が良くて、何度かウチに遊びにきたこともある。その際あたしも顔を合わせたことがあった。

そうしているうちに、あたしは彼にいつの間にか憧《あこが》れて——いや、もっと率直《そっちょく》に言えば、好きになってしまっていたのだ。

白状してしまえば、あたしがこの学校に入った理由の九割程度が、先輩と同じ学校に行きたいという思惑《おもわく》からだった。残りの一割は、仲のいい京子も受験するから。

ともかくそんなあたしの答えに、京子は呆《あき》れ混じりで小言《こごと》を言ってくる。

「まだって……悠長《ゆうちょう》なこと言ってる場合？　あの人見るからに競争率高そうなんだから」

確かに先輩は、容姿端麗《ようしたんれい》、学業優秀、スポーツ万能、加えて生徒会長までこなすという、兄の友人にしとくのがもったいないほどの絵に描いたような完璧《かんぺき》超人だ。ライバルが多いのはあたしも重々《じゅうじゅう》わかってる。

「わかってるけど……でも」

「大丈夫だって、女らしく当たって砕《くだ》けなさいよめんどくさい」

とことん無責任な激励《げきれい》を飛ばしてくるけど、結局最後のが本音なんだろう。そりゃことあるごとに相談と称《しよう》した愚痴を聞かせて悪いとは思ってるけどさ。

返す言葉が見つからず、押し黙るあたし。それでも溜《た》まってたものを吐き出したおかげでいくらか気分も晴れたので、箸《はし》を動かすのに専念することにした。

二人して黙々と食事する……その沈黙を破ったのは、今度は京子だった。

「そーそー、聞いた？　あの噂《うわさ》」

「噂……って、なんの」

聞き返す。と、話を振ってきたくせになぜか京子は考え込みながら、のらくらと言葉を返してきた。

「うーん、ほら、何て言うんだろ……あんたたちが好きなやつ。変身して戦ったりとかするじゃない、女の子が」

……こういう話の振り方は一番困る。そういうのに詳《くわ》しいのはとっくに知られてるからすっとぼけるわけにもいかず、こちらの口から名前を出さざるを得ない。そもそも、あたしは別に好きで見てるってわけじゃ……。

今さら聞かれて恥ずかしいというわけでもないけど、それでも汚れ役を押し付けられたような微妙に腑《ふ》に落ちない気分になりながらも、あたしは渋々《しぶしぶ》答えた。

「へ、変身って……その、プラナリキュア……みたいな？」

「そう！　そういう類《たぐい》の」

我《わ》が意《い》を得《え》たりとばかり頷《うなず》く京子。こいつは案外いい性格をしている。

まあ、いちいち腹を立てていても肝心の話が進まない。

「えっと……で、それが？」

「それが出るらしいの。現実に」

「……はぁ？」

あまりの話の展開に、思わず間《ま》の抜けた声を出してしまった。

〝それ〟ってつまり……プラナリキュア？

「うちの学校にも見た人いてさ。なんか、戦ってるらしいよ？　街で」

「いやいや、なにそれ」

より詳しい話はこうだ。

アニメのような格好の女の子が、魔法を使って化け物と戦っている。街で。

以上、結局のところその程度の情報量しかない、お粗末《そまつ》にも程がある噂話だ。

ところが実際に、京子の友人も見てしまったらしい。その子は嘘《うそ》なんて言わない子、と絶大な信頼を寄せているらしく、京子もただの噂と聞き流せないのだという。

そっちの友達とあたしは直接の面識はないし、何とも言えない。ただ、結構な範囲《はんい》で噂になってることは事実みたい。あたしはまったく知らなかったけど。

あんた探してみたら？　などと茶化してくる京子を適当にあしらいつつ、あたしはうどんをすった。あたしだって暇《ひま》なわけじゃない。

……と、正面に座る京子が目線を上げる。向かう先はあたしの背後——と考える間もなく、後ろから声が飛んできた。

「何のお話ですか」

その声の主《ぬし》に気付いたあたしは、げんなりしながら言葉を返す。

「……なんでもないわよ」

いやいやながら振り返ってやると、予想通りの顔がこちらを見下《みお》ろしていた。

陽守比菜《ひのかみころな》……クラスメイトの女の子だ。小柄《こがら》で華奢《きゃしゃ》な割に、目がぱっちりと大きくてどことなく勝気な雰囲気を漂《ただよ》わせている。猫《ねこ》のような女の子——それがあたしの陽守に対する印象だった。

しかし彼女が向けてくる憮然《ぶぜん》とした表情からもわかる通り、ぶっちゃけあたしとは仲が良くない。にもかかわらず、なぜか事あるごとにあたしのところに顔を出してくるから困る。

……まあ、〝なぜか〟なんて言っちゃったものの、実際のところその理由はわかりきってるんだけど。

陽守は後ろで結った髪を揺らしてあたしの背後を通り過ぎ、左隣《ひだりどなり》の席に腰を降ろす。

「……なんなのよもう、あっち行きなさいよ」

「あなたに指図《さしず》されるいわれはありません」

あたしの不快感丸出しの抗議《こうぎ》も冷ややかに突き放し、勝手に隣で食べ始める陽守。いつものことなので、いい加減《かげん》腹を立てるのも馬鹿らしい。

あたしも諦《あきら》めて自分のご飯に向き直ったところで、またも声が聞こえてくる。

「ああ、いたいた。おーい瑠奈ー」

よく知った兄の声。歩いてくるのは、トレイを持った兄ともう一人。

温和《おんわ》な微笑《びしょう》を常《つね》に絶《た》やさない、細く整った秀麗《しゅうれい》な容貌の持ち主……機織先輩だ。

「先輩っ！」

途端《とたん》に陽守が、仏頂面《ぶっちょうづら》から一転、目を輝《かがや》かせる。

……要するに、これが陽守の狙《ねら》いだった。

先輩とウチの兄は仲がいい。そして兄はあたしと一緒に昼を食べたがる。すると先輩もあたしのところへ来ることになる。

つまり陽守の目当てはあたしではなく、先輩ということ。

となれば、さっきからあたしにつっけんどんな態度を見せていた理由も自《おの》ずと想像がつく。憧れの先輩と食事を共にするためには、不本意なことに恋敵《こいがたき》と同席しなければならないのだから、内心はさぞ複雑なことだろう。

陽守がしれっと自分の左側……あたしとは反対隣の椅子を先輩に勧めて座らせると、

そこからは仔犬のようにひたすら先輩にじゃれついていく。

腹が立たないではないけど、正直さっきみたいにネチネチ突っかかってこられるよりは気が楽でいい。

入学してからおよそ一ヶ月。思えば陽守って、最初からこんな具合だった気がする。

「……って言うか、あたし陽守に先輩が好きって話したことあったっけ……？」

今さらながら疑問が口を衝《つ》いて出る……まさか、兄がバラしてたりしないわよね？

陽守の嬌声《きょうせい》に紛《まぎ》れてしまうあたしの小声は、しかし向かいに座る京子にだけは聞こえたらしい。

「聞かなくても、見てりゃわかるけどね」

京子はにべもなく切り捨てた……あたしって、そんなわかりやすい？

●

——すっかり遅くなってしまった。

腕時計に目をやると、すでに時刻は六時半を回ってしまっている。

委員会の会議があるという京子を待っていたら、いつの間にかこんな時間。

ちょっとだけ待ってみるくらいのつもりだったんだけど、気付けばあたしは教室の机の間にかすっかり眠ってしまってたらしい。帰ったら兄にどやされそうだ。

そして今は、京子と別れて帰路《きろ》の途中。

学校から我が家までは、途中にある大きな公園の中を突っ切った方が近道だったりする。いつも通りその公園の脇に差しかかったところで、あたしはその音を聞いてしまった。

コツコツというか、カポカポというか……何だかやけに響く軽い音の後、ガサガサと木の葉をかき分ける音も聞こえて、それきり再び静まり返る。

……何、今の？

あたしが歩いている道のすぐ横。つまり公園の中からだったけど……目を凝《こ》らしたところで鬱蒼《うっそう》と生《お》い茂《しげ》る植木に遮られて何も見えない。

あれ以来、何かが動く様子も、不審《ふしん》な物音もない。だけど――

つい、足を踏み入れてしまった。

公園の中に入り、遊歩道を逸《そ》れて木々の隙間《すきま》を抜けるように茂みの中へ。さっき音の聞こえてきたであろう辺りに辿り着いてみても、何もおかしなところは見当たらない。

気のせい、で済ませられるような音じゃなかったし、少なくとも何かがいたのは間違いない――んだけど、正直〝何か〟いたらどうするのか、はまったく考えてなかった。

今さらながら湧《わ》いてきた得体《えたい》の知れないものに対する恐怖。段々と大きくなるそれに負けて、元の道に戻ろうかと思案《しあん》したところで——

背後から、至近距離から、ガサリ。

「ひぃんっ⁉」

あたしは跳ねるように振り向いた。しかし、そこには誰も——

「……ん？」

遊歩道——さっきあたしが歩いてきた道に、何かが落ちていた。
四、五十センチくらいの長さの棒のようなもの。片方の先端に宝石や飾りのついたそれは、見覚えのないものだったけど……あたしには何なのかがすぐにわかった。
「これは……見たことないステッキね」

しゃがんで拾い上げると、それはやはり杖《ステッキ》だった。

大抵の女の子なら、一度は親にねだったことがあるはず。

間違いない——魔法少女の変身ステッキだ。

でもそれは、あたしが知ってる数あるステッキのどれとも違う、まったく未チェックの代物《しろもの》だった。

「今期の新アイテムとも違うはずだし……今までのシリーズでもこんなのなかった。あたしが見てないくらい古い番組……？　にしてはまるで新品みたい——って言うか、これどう見てもプラスチックじゃないわよね……造りも精巧《せいこう》すぎる気がする」

手の中のそれをためつすがめつしながら呟く。いや、別に好きなわけじゃないわよ？

オンナノコならこれくらい一般常識だ。

あたしはその、とても作り物とは思えない巨大な宝石の煌《きらめ》きに目を奪われていた。

そうしていると、ふと今日の会話が蘇《よみがえ》る。

京子から聞いた話。魔法少女が街で戦ってるって噂が流れてる。

――まさか、ホンモノ？

なんて、流石《さすが》にそんなわけないよね。あたしは自嘲気味《じちょうぎみ》に苦笑する。

そうやってしばらくぼけーっとそれを眺めていると、

「――やはり惹《ひ》かれるようですな」

思いっきり背後から、男の声がかけられた。

「――――〰〰〰っ!?」

あたしは声の出し方もわからなくなりながら、ほとんど転がるように倒れこみつつ後ろを振り返った。手に握ったステッキをぶんぶん振り回しながら。

ステッキに集中するあまり完全に忘れてた。そもそもあたしは、不審な物音を聞いてここに来たんじゃない――!!

ちょっと涙目になりながら薄暗い茂みの方へ目を凝らすと、そこには――

「……ウマ……？」

が、いた。

「ようやく見つけましたわ。えらい苦労しましたで」

馬が喋っている。

「アンタに折り入ってお願いがあります。どうか、ボクと一緒に戦ってください」

人間の言葉で、しかも日本語で、喋っている。

あれだけ恐怖に塗《ぬ》り潰《つぶ》されていたはずの心が、今は空っぽの真っ白になっていた。街灯に止まったやけにでかいカラスが鳴いている。アホーの方で。

ぽかーんとその巨体を見上げることしかできないあたしのことなど構わず、その馬は一方的に喋り続ける。

「信じられんかもしれませんけど……ボクは魔界《まかい》からきました。神の連中がボクたちの世界を滅《ほろ》ぼそうとしてるんです。ボクも今、奴らに追われて――」

馬が痛ましげに首を横に振った。やけに人間臭いオーバーアクションで、今度は頭の左右についた目を器用に両方ともあたしに向けながら力一杯言い放つ。

「魔界を救うには、アンタの力が必要なんです！　どうか力を貸してください！」

「いや滅べよ」

馬の長い口上《こうじょう》が終わって、あたしの心の底からの感想はそれだった。

「な、何をいきなりおっしゃる⁉　アンタ他人の痛みってモンがわからんのですか⁉」

馬が首を仰《の》け反《ぞ》らせて全身でショックを表現している。

「いやだって……なんで好《す》き好《この》んで魔物を助けなきゃいけないのよ」

一応あたしも馬の話は聞いていた。こいつがバケモノで、神様に追われてる……それくらいの情報を仕入れることはできている。

しかし馬は何かが気に入らなかったようで、人間で言えば眉《まゆ》をひそめるような表情で言い返してきた。

「『魔族《まぞく》』と呼んでくださいや。大体なんでそう頭ごなしにボクらを嫌うんですか。ボクら魔族だって、ちゃんと一つの存在としてこの世界に生きてるんです」

その馬……魔族にとって譲《ゆず》れないポイントとは、そこだったのだろう。

あ――なるほど、言われてみればそうなのかも。

「……そっか、まも――魔族がヒトを襲うなんて、あたしたちの勝手な思い込みかもしれないのよね、ごめんなさ」

「あ、いやそれはバリッバリいただいてますけども」

「やっぱり害悪《がいあく》じゃねーか――ッ！　誰が助けるかっ！　滅びろっ！」

ほんの少し芽生《めば》えかけていたあたしの共感は、どうやら錯覚《さっかく》だったらしい。

バッグの中に塩でも入ってたら思いっきりぶっかけたい気分になりながら、あたしはようやく立ち上がった。それでも頭二つは高い馬の頭部に向かって睨《にら》みを利《き》かせる。

「いやいやいや。そういうわけにもいかんのです」

ずい、と顔を近付けてくる馬。見れば見るほど馬だけど、口が滑《なめ》らかに動いて日本語が紡《つむ》ぎ出《だ》される様はこの上なく気持ち悪い。

また馬が何やら長い語りに入ろうとしたようだったけど、突然それを遮るように、鋭く低い音があたしたちの横から響き渡る。

ぐるるる、とでも表現できそうな唸《うな》り声《ごえ》。その主は――

あたしはまたも目を疑う。

「な……なにアレ!?」

「アイツですわ！　あれが魔族を追い立ててくる神獣《しんじゅう》なんです！」

白い狼。

あたしはオオカミの実物を見たことはない。それに、そこにいるアレは少なくともテレビなんかで見るそれよりももっとこう、より凶暴で粗野《そや》な雰囲気を主張している。

けど、やはりそれは狼だった。白い体毛のところどころに何かの意味があるようにも見える黒い紋様《もんよう》が走り、その瞳は比喩《ひゆ》でもなんでもなく強い光を放っているにもかかわらず。

馬の言葉に、隠しきれない焦《あせ》りが滲む。

「まさかもう嗅《か》ぎつけられるとは……！　こうなったら瑠奈さん、もはやアンタだけが頼りですわ！　どーかお願いしますっ!!」

何がこうなったらなのか、なんであたしの名前を知ってるのか。いや、そもそも——

「だからなんで!?　魔族なんか助けるいわれはないわ!!　そのまま絶滅させられろっ!!」

「アンタは人の皮かぶった鬼畜生《おにちくしょう》か——ッ!?　こっちの世界にも義を見てせざるはなんだかんだいう言葉がありましたやろ!?」

「だからドコにも義なんぞないわぁ——って、え？」

あたしたちの口汚い罵《のの》り合《あ》いは、その神獣にとって構う必要のないものだったらしい。

「瑠奈さんっ!!　危ないっ!!」

視界が白く染まるのと、首に衝撃が走って真横に振れるのがほぼ同時。

「……どうやら奴《やっこ》さん、アンタに気ィ遣うつもりはないようですな……さあ、どうします？　瑠奈さん」

「あんた……もうちょっと優しく助けろっての……」

後ろ足でこめかみ蹴っ飛ばされて数メートルほど横に撥ね飛ばされたあたしは、揺れる視界を堪《こら》えながらなんとか立ち上がる。そんなあたしの傍《かたわ》らに寄《よ》り添《そ》うように、馬が近付いてきた。

前方へ目を戻すと、相変わらずその目を光らせる狼……どうする？

「どうって、あたしにどうしろって……⁉」

再び狼の顎《あご》が大きく開かれて光が集まっていく。今度の狙いは——まさか、またあたし⁉

逃げる？　……駄目《だめ》、走って逃げられるような相手じゃないし、どう考えたってもう遅すぎる。かといってあたしの手元にあるのは、正体不明のステッキだけ。

どうする……⁉

——ええい、やるしかない‼

あたしは腹を括《くく》った。ステッキを握る右手ごと右半身を深く引いて半身《はんみ》になり——

「馬っ！　君に決めたァ——‼」

あたしの渾身《こんしん》の後ろ回し蹴りが、すんでのところでビームの軌道《きどう》上に馬を捻じ込んだ。

眩《まばゆ》い光が身を挺《てい》してあたしをかばった馬を包み込む。

「何すんじゃ——っ‼」

「うっさい‼　あたしが逃げるために食われて死ねッ‼」

「助けてつーてお願いしてる相手に吐き捨てる言葉か⁉　ちったあ自分の身を投げ出してでも困ってる異世界人助けんかっ‼」

「イヤだってんでしょーがッ！　あたしを巻き込むなっ！　帰るもう帰るう——‼」

手にしたステッキも投げ出して逃げるあたし。それを口でキャッチし、そのまま追走して並ぶ馬。さらに追う狼。

もう何もかも知ったことじゃなかった。あたしはあたしが助かるためだけに逃げる。

そんなあたしの横を走りながら、馬はやけに神妙《しんみょう》な声を投げかけてきた。

「……そうは言いますが、いいんですかい？」

「な……なにがよ⁉」

そっちに目線だけやりながら訊《き》き返《かえ》す。ただし足は止めない。

「あんなん野放しにしてたら、魔界のモンがどれだけ殺《や》られるかわかったもんじゃありませんからね。こちとら必死です……ボクがやられるときァ刺し違える覚悟《かくご》ですわ」

「あ、あたしは別に、あんたがやられたところで……まぁ寝覚めがよくない気はしないでもない感じがそりゃちょっとは」

「ボクが自爆《じばく》すりゃ、周囲数キロはキレイさっぱり消し飛ぶでしょうねぇ。もちろん瑠奈さん、アンタふくめて骨すら残りゃしませんわ」

「あんたそれお願いっつーか完全に脅迫《きょうはく》って言わない⁉」

なりふり構ってないのは何もあたしだけじゃないらしかった。

「さあどないします？　死に物狂いで戦うか、ボクやこの街と一緒に死ぬか」

卑屈で下卑《げび》た笑いとともに、最悪な究極《きゅうきょく》の二択を突きつける馬。

「もーちょっと穏便《おんびん》な選択肢も持ってこい！　……つーかだから、あたしみたいなただの女がどーやってアレと戦えっつーのよ――!?」

「これを使って、ですわ」

自棄《やけ》になって叫《さけ》ぶあたしに、だけど馬は一転して落ち着いた様子で〝それ〟を差し出してきた。

あたしがさっき拾った、ステッキ。

「これは神との戦いのために生み出された魔装儀甲《まそうぎこう》……『セレンディアナ』の幻身《げんしん》ステッキです！」

「セレン……ディアナ……!?」

杖の先端の物言わぬ宝石。煌《きら》めきをたたえるそれが、静かにあたしを見つめているような気がした。

「そや！　セレンディアナは魔界でも伝説に近い存在！　異界の住人である人間にしか――その中でも自分の境遇《きょうぐう》や生活に何とはなしに不満や嫌悪《けんお》を抱きながら、心のどこかで魔法や悪魔といった超自然的な力に憧れて、それによって変化が訪れることを願ってるひじょーにイビツな精神状態の女の子にしか扱《あつか》えん力なんです！　つまりは瑠奈さん！　これはアンタのためにあると言ってもいい力ですわ！」

「うれしくないわぁ――ッ!!　つーかなんで初対面の馬があたしの内面事情とか冷静に分析《ぶんせき》しとんじゃ――!!」

「それじゃひとつ頼んますわー。あ、はいこれ幻身ステッキ」

「フザけんなっ！　あと口で咥《くわ》えて渡すなっ！　ヨダレついてるヨダレ!!　あーもう手についたっ」

押しつけられたそれを指でつまみながら、滴《したた》る液体を隣の馬の背中で拭《ぬぐ》う。そんなあたしを馬が苛立《いらだ》ちたっぷりに急《せ》かしてくる。

「あーもう早よ幻身してくださいや！　真面目に死ぬっちゅーに！」

「いーやーだっつーてんでしょ——が!!　絶対無理だってあたし体育で握力十五キロしかなかったんだから!!」

「知るか——ッ!!　まったくこーれだから聞き分けのない女子供はッ！　オマエがやらにゃどっちみち全員死ぬっつーとるのにまーだそんなこと言うんかっ!?」

ぐいぐいとステッキの押しつけ合いを繰り広げながら公園内をがむしゃらに逃げ回る。だけど——

走りながら怒鳴《どな》り合《あ》っていたあたしの体力がついに尽《つ》きた。のろのろとペースを落とし、膝《ひざ》に手を当て、体を折って空気を貪《むさぼ》る。

「……よしわかった。じゃあこうしましょうや」

同じく隣で止まった馬が、諦めたような声で言う。そっちも若干《じゃっかん》息が上がっていた。

「な……なによ……」

「もう幻身せえとは言いませんから、せめてコレだけ見てください」

馬がいななくように首を大きく一つ振ると、その眼前に小さな光の珠《たま》が現れた。ソレはふよふよと浮かびながら、あたしの手元に向かって漂ってくる。

「な、何？　この赤い光……なんか……見てる、と……」

瞬間、頭が痺《しび》れる。すべてがどうでもよくなるかんかくがこころにふりつもり、

「今やっ！　瑠奈さん、このステッキを持って呪文《じゅもん》を!!」

「――わかった」

「ゴッド・トワイライト・エグゼキュート――」

ちからがあつまる。ひかりがあつまる。やみがあつまる。

「幻身！　セレンディアナ!!」

さけびにこおうするように、からだをまりょくのほんりゅうがつつみこん
「……あ――――ッ!?」

「ふははは　ッ！　これぞ必殺〈傀儡幻身《マリオネットチエンジ》〉!!」

謎の力で持ち上げられた体がくるくる回転しながら、纏《まと》わりつく光があたしの服を分解していく。そしてそのままそれが何か別の形に変わり、再び全身のいたるところを包

み込んだ。

「ちょったつ、タイム！　タンマ！　やめて止めて——っ!!　クソがこの馬騙しやがったなぁ——ッ!?」

あたしは抵抗を試《こころ》みるけど体が動かない。唯一動かせる口で、視界の中を走馬灯《そうまとう》のように何度も行き過ぎる馬に罵声《ばせい》を浴びせる。

そして——変身が完了した。

ようやく地面に降ろされたあたしに向かって、馬が感極まったように叫ぶ。

『やっぱりボクの目に狂いはありませんでしたわ！　瑠奈さん、アンタが今日から〈慟哭屍叫《デススクリーム》セレンディアナ〉です！』

「かわいくねぇ——ッ！」

地面に手をついて突っ伏した。

「いや下はまだいいんだけどさ！　その変に禍々《まがまが》しい枕詞《まくらことば》はなんなの!?　つけなきゃダメなの!?」

『いやボクに言われても……そういうもんだとしか』

「って妙にリアルなまんまちっちゃくなるなぁ——っ!!　玄関《げんかん》とかにある置物かと思ったわっ！　少しはデフォルメするくらいの気配りしなさいよ！」

『何言ってますのほれ、ちゃーんと羽《は》生えとりますがな』

「そーゆーことは言っとらんわ――っ!!」

気付けば、普通の馬と比べても一回り以上大きかった黒い馬は、手のひらサイズになってあたしの周りをぴよぴよと飛び回っていた。

しかし妙に精巧《せいこう》なままサイズダウンされてもひとっつもかわいくはない。

「……あと、さっきからあたしの周り飛んでる黒い羽やら妙に赤黒い光やらだけど」

『あー、アンタから放出される魔力が、イメージを与えられて幻像化しとるんですわ』

「いやもーちょいパステルカラーとかレインボーとか、こう、なんとかなんないの？」

『そういうチャラチャラしたんはどっちかちゅーと神族《しんぞく》の方の担当やし』

「ああ……あんたらの立場が反対なら、あたしも快く協力できたし今頃もーちょっといい気分で……」

『……アンタら霊族《れいぞく》は昔っからそうですが、神がええ奴《やつ》だとかは勝手な幻想――』

「って！　それよりっ!!」

なんか語り始めた馬は無視して、あたしは駆け出す。

『ちょ、どこ行くんすか!?』

「鏡よ！　どっか鏡のあるとこ！」

『鏡……？　あいつを倒すのにそれが必要なんで？』

「は？　なに言って……あったっ！」

公園の敷地内にある建物の一つ、そのガラス窓の前に立ってみる。そこに映りこんだあたしの全身は——

「よしッ！　意外とオッケー!!」

ここまでの話の流れ的に、てっきり悪の女幹部《おんなかんぶ》みたいなカッコさせられてるかと危惧《きぐ》してたんだけど……今あたしが身に纏っているのは、フリルやリボンが要所要所にくっついた、フレアスカートのワンピース。いわゆるゴスロリっていう部類だと思う。

まあ、色が全体的に黒とか赤なのがアレだけど……まずまずかわいいと言えるレベルのコスチュームだった。

ただし、銀色の髪に赤い瞳……色こそ変わっているけど、容姿《ようし》に関してはまったく元のあたしのまんまだ。

とは言え、アリかナシかで言えば——

まぁうん……仕方ない、か。

「えーと……馬！　あんた名前は？」

『あ、はい。ボクはオロバスいいます』

「オロバ……じゃあオロでいいわね」

少し離れたところから聞こえる、ずしゃり、という音。

あたしはその音の主を横目で見る。

「ホントはまだ納得いってないけど……乗りかかった船って奴ね。あいつ追っ払うくらいなら手伝ってあげるわ」

唸《うな》り声《ごえ》を上げながら、今にも飛びかからんと身体を縮《ちぢ》める狼。あたしはその凶暴な視線を真正面から受けて立つように向き直って……は、みたものの。

……えーと。

「とりあえずオロ、どうやって戦えばいいの？」

なんかそれっぽい服を着せられただけで、あたしは手ブラで立ち尽くすのみ。

アニメなら説明も受けずに必殺技の一つも繰り出したりするもんだけど、現実はそう都合《つごう》よくはないらしい。

しかし肝心のオロの返事はとことん無責任なものだった。

『え、いやそこはアンタのお好きなように。血ィ吸うんでも精吸うんでも、臓物《モツ》引きずり出して吸うんでも』

「吸うかッ！　そうじゃなくて武器っ！　なんかないの!?」

実を言うとちょっとノリ始めてた気分が急速にしぼんでいくのがわかる。あたしは一体どんなモンスターに変身させられたというのか。

『あーそういうことですな。呼べば武器出てきますわ。まずはそうやね、〈死鎌《しれん》オルクスタロン〉とか使いやすくて——』

「うわーんやっぱかわいくね——っ!!」

再び頭を抱えてうずくまった。

見た目のマシさに騙されかけてたけど……どんなに衣装がかわいかろうと、この馬は魔族で、あたしはその魔族の手先なのだということを痛感させられる。

「もっと魔法少女っぽいモンないの!?　ほら、えーと……そうだステッキ！　魔法のステッキくらいなら……！」

あたしの必死の懇願《こんがん》にオロが頭を捻《ひね》って答えを返す。

『ステッキ……杖ですな？　それなら〈厄杖《やくじょう》バルドピアス〉がありますけども……なんともマニアックなチョイスしてますな。アンタ槍投《やりな》げとか得意で？』

「ダメだ名前からして絶対かわいくな——い!!　つーかさっき変身に使ったステッキどーなったのよっ!?　アレ使わせてよアレ!!」

『は？　だからあのステッキは幻身のためのもので、幻身してる間は消えるんは当たり前ですがな。そもそも武器と違うし』

どんどん理想と現実のギャップは広がっていく。どっと押し寄せる疲労《ひろう》に軽い立ち眩《たちくら》みを起こしながら、早くもあたしは多くを望むことを諦めた。

「あーもうわかった。もうなんでもいいから……とにかく、あいつ倒すのによさげなの適当に見繕《みつくろ》って教えてよ。それでちゃっちゃと終わらせるから」

投げやりに言うあたし。目の前に飛んできたちっちゃい馬はやれやれとばかりに、

『やっとやる気になってくれましたか。なら〈業咆《ごうほう》ヘルブレイズ〉が一番でしょうな』

と、またしてもかわいさとは無縁そうなネーミングの武器をお勧めしてきた。

「おっけー。それじゃえーっと……呼べばいいのよね？　〈業咆ヘルブレイズ〉!!」

あたしは高らかに唱《とな》えた。何となく前に突き出した右の手のひらに、即座に赤い光が集まってくる。

光が容積だか体積だかを増すにつれてその輪郭《りんかく》は何か意味を持ったものに変わっていき、ある形になった時点で光が一斉に弾けた。

現れたそれを、あたしの手が支える。

「銃……って言うか、大砲？　まあいいや、とにかく覚悟」

『ああいや。それ火炎放射器です』

「しなさってうわエグっ」

狼に向けた銃口から、怒濤《どとう》の勢いで目の眩むような炎が噴《ふ》き出《だ》した。二十メートルはあろうかという距離を問題にもせず神獣に襲いかかった炎が、一瞬でその姿を包み込む。

「ちょっ、なにこれ!?　これのどこが魔法少女の武器なのよ!?」

『いやいや、火炎放射を甘く見るとヤケドしますで』

あたしの抗議にも見当違いの反論が返ってくるのみ。

狼は纏わりつく火を振り払おうと暴れ回る。しかし燃え盛る炎は消えるどころかますますその勢いを増し、ついには獣は地面を転がり回ってもがき始めた。

あたしたちを威圧《いあつ》していた低い唸り声も、今ではまるで許しを請《こ》うような、情けを誘う甲高《かんだか》く弱い声に変わっている。

「うわっ……うーわ、あああああこれやばいきつい無理」

あたしはすでに火炎放射器を降ろしていた。しかしなおも無慈悲《むじひ》に炎は狼を包んだままで、その抵抗も段々と弱々しくなっていく。何だかこっちの方が悪いことをしてるような気分にさえなってきた。

しかしただ一人、肩の上の馬だけはそんな良心《りようしん》の呵責《かしやく》など微塵《みじん》も感じていないのか、それどころか心底愉快《ゆかい》そうに笑いながらそれを見物していた。

『はっはっは。無駄にタテガミなんぞ伸ばしよるからよう燃えますわな。おっ、ほれ皮膚めくれてますよ』

「言うなぁっ!!　状況説明せんでいい!!　……目ぇ瞑《つむ》ってるから終わったら呼んで」

ついにあたしは耐《た》え切れなくなって、戦闘を放棄《ほうき》して後ろを向き目を閉じた。心の中で必死に狼さんに謝罪《しやざい》しながら。

——数分ほど経っただろうか。

『よっしゃ、セレンディアナ！　そろそろトドメ頼みますわ！』

「えっ……とどめって……？」

『コレです！　コレを使うて！』

オロが言うが早いか、あたしの目の前に光（例の血みたいにドス赤いの）が集まって、それが弾けた後には一本の杖が静かに浮かんでいた。

「こ、これは……」

あたしが手に取ると、その杖は思い出したようにあたしの手に重さを預けてきた。しばらくまじまじと手の中のそれを観察する。

変身用のステッキよりずっと長くて、先端には大きなスターがついている。そこから持ち手の部分に向けて絡《から》みつくように一本のリボンのような意匠《いしょう》が――よく見たら蛇《へび》だったけど――ついていて。

これはこの流れからすると、やっぱりいわゆるキメ技用の武器……⁉

「よっしゃ！　やっぱ最後くらいはかわいくかっこよく決めなきゃね！」

あたしはスターロッド（仮称）を大きく振りかざして目を瞑り、しっかりと握った手からあたしの中のパワーをすべて注《そそ》ぎ込《こ》んだ。それに応えるように、杖が力強く輝いているのが見なくてもわかる！

あたしはゆっくりと目を開ける。

「こ、これは……‼」

先端のスターが、金属音を響かせながらものすっごいスピードで回転していた。

すごく見たことがある。これは――

「どう見ても草刈り機でしたァ――!!」

最後くらい、とか期待してた数秒前のあたしがバカだった。

『そこや！　首落としたれセレンディアナー!!』

「やっかまし――わぁ――!!」

オロへのツッコミと同時に高く飛び上がったあたしは、瀕死《ひんし》の神獣にマジカル草刈り機を振り下ろした。

「いやー、助かりましたわ。アンタを見つけるんが遅れとったら、今頃どうなってたやら……」

オロバス。

『ソロモンの小さな鍵《レメゲトン》』に記されし七十二柱の悪魔、その五十五番。

黒き馬の姿をとる、親愛なる魔界の王子。

――とかなんとか改めて自己紹介されたけど、残念ながらよくわからなかったあたしは結局そのまま彼を「オロ」と呼ぶことにし、変身を解いた後でぼちぼちと事情なんかを聞いていた。

まあその事情とやらも、会った直後に聞いたのとほとんど変わらない内容だったけど。

どうもこのオロは最初からあたしを変身させるつもりで、通学路となるこの公園で待ち伏せしてたらしい。そして有無《うむ》を言わさぬ一連の経緯でこのザマだ。

つまりあたしは、魔界の悪魔にハメられて魔法少女に変身させられた。

「魔力……そう、魔法少女。そうよね、あたし魔法少女に……なったはず、だったのに。ははは、おかしいな……」

涙が出ちゃう。だって女の子だもん。火炎放射で焼《や》け爛《ただ》れさせたり草刈り機で斬首《ざんしゅ》させられたりすりゃ泣きたくもなるわ。

「……ボクにゃよくわからんのですが、アンタら人間は魔法にどーいうイメージ抱いてますのん。魔族を汚いもん見るような目で扱うくせに、なんでかやたらかわいさを求めよるし」

「うっさい。女の子には汚しちゃなんない夢ってもんがあんのよ。あんたはそれブチ壊したの」

そう。女の子には夢を見続ける権利がある。たとえ来月には十六歳になるとしても。

「とりあえずこれ、はい」

あたしは立ち上がると、馬の鼻面《はなづら》に向かってステッキを差し出した。

しかしオロはと言えば、あたしの手の中のそれにきょとんと目を落とし——

「え、なんすか」

「なにって、返すわよ。言ったでしょ、今回だけは手伝ったげるって。悪いけど次からは他の人を当たって——」

「いやいや、もう無理ですて」

なんか、聞き捨てならないことをほざいた。

「……え？」

あたしにはオロが何を言っているのかがうまく伝わってこない。頭がそれを受け入れようとしない。

「ボクがしつこく追われてたんはこのステッキを持ってたせいですからな。その魔力の供給源である魔涙石《イビルティアー》も、もう瑠奈さんと同調してまいましたし」

固まったままのあたしに、さも当然のように続けるオロ。

「魂と魔涙石《イビルティアー》の同調はそう簡単には解除できませんので。これからはステッキだけじゃなしに、瑠奈さん本人も狙われることになるでしょうな」

さも、当然の、ように——

「神族が取ってくる手として考えられるんは、ステッキの破壊か、同調者を生かさず殺さず幽閉《ゆうへい》し続《つづ》けるかのどちらかでしょう。つまり瑠奈さん自身ももはや安全とは——」

「待てや——!!　てんめ完璧好き勝手巻き込んどいてその言い草は何じゃ——っ!?」

「はっはっは。それじゃこれからも共に戦っていきましょうや。よろしくな、セレンディアナ！」

「誰がよろしくするかっ!!　殺すっ！　今この場で貴様を殺すッ!!」

あたしは今度こそ、自分の意志で変身の呪文を唱えた。

●

「うん。薄々思ってたけど」

すっかり日も暮れた帰り道をなるべく人目につかないように辿《たど》り……ウチの入ってるマンションの玄関前。

駐輪場の物陰に隠れ、あたしはオロの首を両手で絞めながら前後に揺する。

「ウチのどこにウマ匿《かくま》うスペースがあるっつーのよっ⁉　化けるならせめて小動物になんなさいよ！」

「いやいや、こんなんボクの意志でどうなるもんでもないんですって!!　こっち来たときどんな姿になるかは、生まれながらにそれぞれ決まってるって言うか……」

「じゃあ一旦死んで出直してこい」

「無茶言うな――――ッ!!」

「だってどうすんのよ!?　この玄関防犯カメラついてんのよ!?　馬連れて帰ったら即刻退去食らうわっ!!」

そんなような具合で、あたしたちはさっきから家に帰り着けないでいた。

「その後もよっ！　あんたあのエレベーター入れんの!?　それとも頭かケツ犠牲にするか!?　扉ギロチン覚悟の上かッ!?」

すでに仕事帰りの人がひっきりなしに行き交う時間帯になってしまっている。ウチのマンションの階段は外に面しているから、そんな人目のある状況でそっちを使うわけにもいかず、かといってあの小さなエレベーターにこれだけの体積を押し込められるとも思えない。

「そ、そや！　幻身すればええんですわ！　そしたらボクも小さくなるし、目立たず中に――」

「あんたが目立たなくてもあたしが目立つでしょーがっ!!　あのコスプレで帰宅するとこ見られたらこれからのあたしの生活どうなんのよっ！」

「そんなん見られてみんことにはわかりませんやん」

「モノは試しみたいに他人の人生賭《か》けさすなぁ――――っ!!」

……で、結局。

「……ああ……あの防犯カメラにこのこっ恥《ぱ》ずかしい衣装が未来永劫《えいごう》記録されて……」

エレベーター内。例のドス黒フリフリコスチュームに着替えたあたしは肩を落として涙に濡れていた。

『いや、防犯カメラのテープなんぞ精々一週間分かそこらで使い回ししてますから。来週の今頃には上書きされてますって』

「なんで魔族がンな事情知ってんのよ」

チン、と音がしてエレベーターのドアが開いていく。ミニチュアサイズのオロが、癇《かん》に障《さわ》るほど陽気な声で笑いながら言う。

『さ、とっとと帰ってメシにでもしましょうや。まったく瑠奈さんがチンタラしとったおかげで腹ペコですわ』

「……今ここで変身解除してエレベーターに馬が詰まってるって保健所に電話してもいーのよ」

とにかく、廊下に人気《ひとけ》がないことを注意深く確認すると、あたしは意を決して頷く。

「……よし、行くわよ」

『大丈夫ですって。いざ見られても愛想笑いで挨拶《あいさつ》しながら通り過ぎれば意外と気にされんかったりするもんですから』

「もうい一から隠れて。空飛ぶちっさい馬なんて見つかったらそれこそ研究所行きよ。あんたの学名に発見者であるあたしの名前入れられたくなかったら大人しくしろっての」

腰をかがめて、各戸のドアにある覗《のぞ》き窓《まど》の視界から逃れようと努力しながら廊下を駆ける。いや、来客でもないのに外を見張ってる人なんているとは思えないけど。

……しかし、今日ほど自分の家が角部屋なことを悔やんだことはないわ。
５０１、クリアー。５０２、クリアー。
順調に前進して、残るは三部屋。

５０３……５０４……５０５、クリアー！

そして辿り着く我が家。５０６号室の扉のノブに手を――

ガチャリ、とドアが開く……向こうから。

「……瑠奈？」

明かりの漏れるドアの隙間から覗いたのは、眼鏡をかけた長身の男の顔。

「瑠奈……その格好……」

兄が固まっていた。

あたしも固まった。

そのまま十秒ほど。廊下に出て、後ろ手にドアを閉めた兄。

あたしの格好に視線を釘付けにして、呆けたように呟いてきたのは――

「それ、何のキャラだ……？　黒セ……いやフェ……違うな。銀……でもない……」

ある意味、予想以上に屈辱的《くつじょくてき》な質問だった。

あたしはもはや反論する気力すら残っておらず、廊下の床にぺたんと崩《くず》れ落《お》ちる。

「いっ、いやっ！　お兄ちゃんはコスプレ趣味をどうこう言うつもりはないぞっ!?　むしろ歓迎だっ！　だがもう暗いし、こんな時間に外でというのはだな……ほ、ほら泣くな！　おうち入ろうなっ!?」

●

「……違うもん」

「ん？　なんだって？」

「だから、この格好」

あの後、家に入ってなんとか気分を落ち着かせて、兄の部屋。

ベッドに座り込み兄に手渡されたホットミルクをちょびちょびとすすって、ようやく出てきたのが若干ふてくされ気味のそんな言葉だった。

「ああ、大丈夫だ。別に版権《はんけん》モノだけがコスプレじゃない。お兄ちゃんはオリジナルだってアリだと――」

そして返ってくる大暴投なフォローに思わずこめかみを引きつらせる。

「そーいうことじゃないっ！　これはこすぷれじゃないの！　……私、魔法少女になっちゃったの――っ！」

「瑠奈、お前は疲れてるんだよ」

相方《あいかた》を気遣う超常現象否定派のＦＢＩ捜査官のような、若干の呆れと困惑が混じった声で優しくたしなめてくる兄。

……くっそ、普段は二次元と三次元の区別ついてないくせに、こういう時だけは妙に常識的な反応をしてくれる。

とは言っても、この兄に引かれてるというのは正直かなりムカつくので、

「オロ、出てこい」

『うっす』

「うひゃあ」

百聞は一見にしかず、ってやつで攻めることにした。

ぱたぱたとおざなりに羽を動かして浮かぶオロ。それを目を点にして見つめる兄。

しばらくして――

「……まさか瑠奈、お前……ついに魔法少女になれたんだな!?」

「違うわ――ってあっ、いや合ってる？　んでもちょっとやっぱ違うような……」

いや、さすがと言うべきか、変なちっちゃい馬を見ただけで大体の事情は察したらしい。らしいんだけど……その言い方じゃちょっとニュアンスが違ってくる。断じて。

「……訂正します。あたし瑠奈は、不本意ながら！　渋々！　強要されて！　魔法少女になられされましたっ！」

「そうか……じゃあまずは服を脱ぐ方法を調べ」

「〈殲刀《せんとう》ペイルリッパー〉」

話の流れを一切無視した兄の手が裾《すそ》を持ち上げるより、あたしの手に蒼《あお》ざめた刀が出現する方が一瞬早かった。

「……お兄ちゃんそんな凶悪なカタナ首筋に突き付けてくる魔法少女なんて……あ、でも意外性って面では結構」

「いいからスカートから手ぇ離そうか」

この兄の順応性には恐れ入る。見境のなさにも。

「大体、元に戻る方法くらいわかってるわよ」

刀を消し去り、再びベッドにお尻《しり》を投げ出しながら言うあたし。それを聞いて拍子《ひょうし》抜《ぬ》けしたように兄は質問を返してくる。

「え……なんだ。じゃあなんであんな格好で廊下で泣いてたんだ？」

「そっ……それは、色々事情があんのよ。あたしだってできることなら普通の服で帰りたかったってたの」

何から説明したもんか……とりあえずオロの元々のサイズについて？　いや、それな

らむしろ先に……。

「ねえおにいちゃーん？　あたしぃ、こーんくらいのおうまさん飼いたいなー？」

「な、なんだ……？　いきなり……？」

「おねがーい。おにいちゃんの部屋でぇ、おうまさん飼ってもいいでしょー？」

あたしは努めて反吐《へど》が出るようなぶりっこボイスを作り、椅子に座る兄に向かって身を乗り出す。目を潤ませるのも忘れない。

「うま……？　何言ってるんだ、瑠奈？」

「……ちっ。いらん時だけ冷静になりやがって」

「ん？　何か言ったか？」

意外と手強い……しかしここは多少強引にでも落とさなきゃならない。あたしは取っておきの切り札を繰り出した。

「うーん。なんでもなーい。そうだ！　おにいちゃんがあ、おうまさん飼ってもいいって言ってくれたらあ、るな今日いっしょにおふろはいったげる！」

「よし飼いなさい」

「OKオロ変身解くわよ」

『合点《がってん》』

あたしの体が発光する。一瞬の後には、私服姿のあたしと……馬。

「うーん……でかいとは思ってたけど、実際部屋に入れてみると想像以上ね。兄ちゃん悪いけど今日からリビングで寝てくれる？」

ようやく自分が承諾《しょうだく》したお願いの意味を悟り始めたのか、顎を落としてオロを見上げる兄はしどろもどろに抗議する。

「……い、いやいや！　これは……その、アレだろう!?　どうしてもって言うなら、る、瑠奈の部屋で飼いなさい！」

「イヤよ、部屋ケモノ臭くなりそうだし」

すでに言質《げんち》は取ったもんね。今さら反対したって遅い。

「さて、今日はやたらと疲れたからゆっくり湯船に浸《つ》かりたい気分だわ」

兄の部屋を出ようとするあたしを、木材がへし折れるような音が送り出し——

「「え」」

その場の全員が異口同音。

「……ちょ、おい何かミシッて！　ミシッて言ったぞ！」

「うそっ、ちょっオロ、ちょっと軽くなんなさいっ」

「あいや今はちょっとそういうことはうわ今めっさへこんだ感触が」

「あーもうゴッドトワイライトエグゼキュートート幻身セレンディアナ——っ!!」

あたしは今日何度目かもわからない呪文を唱えた。

光が収まると、ちょっと傾《かたむ》いているような気がしてならないベッドの上にちょこんと立つ小さいオロ。

あたしと兄は、脱力しながら言葉を交わす。

「……なあ、やっぱりちょっと無理がないか」

「うん……ペット禁止だしね……」

今になって思えば、兄を騙くらかしたところでどうなる問題でもないのは当たり前の話だった。

ウチは早くに父親を亡くしていて、今は母親とあたしたち兄妹の三人家族。今はたまたまお母さんが出張中で、しばらく家にはあたしたち二人しかいないわけだけど……帰ってきていきなり家の中に馬が住んでたりしたら多分お母さん卒倒《そっとう》する。

しかし、そうなるとどうしたもんだろう。まさかその辺に放り出して野良馬ってわけにもいかないし……。

あたしが疲れた頭をのろのろと捻っていると、不意に兄が手を叩きながら声を上げ、

「おおそうだ！　マスコットたん、変身中はこういう風に小さくなるんだろ？　それなら家にいる間変身しっぱなしというわけにはいかないのか？」

悪魔的に余計《よけい》な提案を掲げてきた。

「んなっ……そ、そんなわけにはさすがにいかないわよねぇっ!?　ねぇオロさんっ!?」

必死の作り笑いでベッドの上のオロを睨みつける。言外に「お前わかってんだろうな」といったニュアンスを滲ませながら。しかし——

『あーいや、構いませんで。っつーかむしろこっちからもお願いしたいくらいですわ、瑠奈さんには一刻も早よ魔力の制御に慣れてもらいたいですし』

「おいコラちったぁ空気読めェ——っ!!」

盛大に無視されたあたしはオロの背中の羽を摑んで振りかぶり、力の限りにゴミ箱へと投げつけた。

「あー、ところで瑠奈、風呂」

「入るかッ!!　この服どうやって脱ぐのかすらわかんないのよっ!!」

「それはいかんな。どれちょっと見せ」

「〈骸刃《がいじん》アプチダガー〉ぁ——ッ!!」

●

「ふぅ……あー疲れた」

バスタブにもたれかかりながら、あたしは何となく肩を揉《も》みほぐす。

結局あのコスチュームを脱ぐ方法はどうしても見当たらなかったので、お風呂に入る時だけは変身解除して、その間オロはベランダへ退避《たいひ》させとくということで落ち着いた。

お湯に下唇まで浸かりながら、あたしはあれこれと考えを整理する。

事の起こり。オロとの遭遇《そうぐう》。神獣、変身、戦闘。そして――

「問題は、明日の学校の間どうするかよね……」

どうも正体バレちゃいけないみたいなお約束は一切ないらしい。元々顔隠す気ゼロなデザインだし、ダメと言われた方が困るんだけど。

でもだからってアレで学校行ったら、さすがに怒られるわよねー……いやまぁたとえ学校が許可したとしても断固拒否するけど。

けどそうなると、デカいオロをどこに置いておくか、って問題が出てくる。

いや、そもそも……学校行っていいの？　あたし。

オロは神族に追われてると言う。実際に現れたあの神獣は、人間であるあたしのことなんてまったく気を遣わずに攻撃してきた。

もし、あんなことが明日も起きたら？　そしてそれが、学校だったら？

あたしはまだ何も知らない。これから何をすればいいのかも、どうすればいいのかも。

でも、とりあえず今は――

「夢だったらいいのになぁ……」

心底願わずには、いられなかった。

二章 セレンディアナなんて願い下げ!?

目覚めは、自分でも驚くほど淡々としたものだった。

自分の体を包む黒い衣装が目に入っても特に何の感情も抱くことはなく、続いて目を移した枕元のテーブル……その上で眠る小さな黒いペガサスの存在も、当然のこととして頭は受け入れた。

「オロ……？」

小さく声をかけるけど、起きる様子はない。指先で優しく揺《ゆ》すってみても変わりはなく、その眠りの深さが窺《うかが》える。

「よし」

あたしはそっと彼の体を抱き上げた。ガラス細工を扱《あつか》うように、そーっと。

足音も極力立てないよう、静かに台所へと向かい――

ガチャバタン。ピッピピッピピッピピッ、ピッ。

『あたため／スタート』ボタンを押すと、ヴーンと唸《うな》りを上げて回り始めるオロ。あたしは窓からそれを確認して一つ頷《うなず》くと、

『殺す気かァ――――ッ!!』

突然背後から頭をはたかれて首を折った。

「なっ!?　い、一体どうやって!?」

振り返る。そこには、たった今確かに仕留《しと》めたはずの馬の姿が。

『別の因果枝《いんがし》に存在点を飛ばす、一種のテレポートみたいなもんですわ……ってそれより何やってますのん!?　本気でシャレになりませんがな！』

「あいや、寝汗かいてたみたいだから乾かしてあげようかなーと……」

『馬を乾燥《かんそう》させるなってレンジの説明書にも書いてありますでしょ――がッ!!　つーか六十分もかけとるのが明確な殺意の表れじゃ――っ!!』

目を泳がせるあたしにすごい剣幕でまくし立ててくる。あたしは小さく舌打ちした。

『とにかく、さっさと止めてやってください！　因果の残像《ざんぞう》とはいえ自分がチンされとる姿はゾッとしませんので』

「……わかったわよ」

渋々了承し、あたしの指が『とりけし』ボタンを押した。レンジの中が暗くなり、いかにも温まっていそうな低音も止まる。扉を開けると中はもぬけの殻《から》だった。

『……何でようやく見つけた味方の家でも命狙われんとならんのですか、ボクは』

ぶつくさ言いながらぱたぱたと背中の羽ではばたき、台所を出て行く。あたしもついていくと、オロはそのままあたしの部屋に戻り、元のテーブルの上に再びうずくまった。二度寝する気満々らしい。

――まあいい。チャンスはいくらでもある。

あたしはひとまずオロの始末を諦《あきら》めて、朝の準備に取りかかることにした。

部屋を出たところで、ピピッという電子音とともに強烈な光に不意打ちを食らう。

「……なにやってんの」

発生源……デジカメを構えた兄に冷めた声で尋《たず》ねる。

「おはよう瑠奈《るな》。あ、ちょっと目線とポーズくれ」

「あげないわよ。だからなにやってんのって聞いてんでしょーが」

……まあ、実際のところ見ればわかる。写真を撮っているんだろう。

あたしは溜息《ためいき》をついて、唱《とな》えた。

「〈殲刀《せんとう》ペイルリッパー〉」

現れたそれを掴《つか》んだ瞬間、すでにあたしの右腕は垂直に振り上げられていた。

一拍遅れて、兄の手の中でカメラがズレる。

「…………おうっ⁉」

中心で真っ二つに断ち切られ、半月状《はんげつ》になったレンズが床に落ちた。あたしはそれ以上は一瞥《いちべつ》もくれず、喚《よ》び出《だ》した刀を消すとダイニングに向かって歩き出す。

「くっ、これで勝ったと思うんじゃないぞ……！　たとえカメラを壊したとしても、必ず第二第三のカメラがお前のコスを――」

背中に兄の恨《うら》みがましい声を聞きながら、あたしはもう一度溜息をついた。

「うーん……」

朝食のトーストをかじりながら、あたしは悩んでいた。

ダイニングにはあたしと、結局あの後起きてきたオロがテーブルの上に。

最後の一口を頰張《ほおば》って手袋《グローブ》に付いたパンくずを払い落としつつ、なおも頭を捻《ひね》る。

そこに制服に着替えた兄がやってきた。

『おっ、お兄さん。おはようございます』

「ああ、おはようオロ」

この二人はいつの間にかやけに仲良くなってしまっていた。

兄の方はもう先に朝食を済ませていたんだろうか、あたしに向かってたしなめるように言ってくる。

「瑠奈、時間見ろ。もう着替えないと遅れるぞ」

いや……だからそれが問題なんだけど。

しかしまあ、悩んでいても埒《らち》が明くわけでもない。あたしは牛乳を飲み干し、部屋へ戻ることにした。

今日は火曜日、平日だ。当然ながら、学校に行かなければならない。

ならないんだけど――

『どーしましたたん瑠奈さん。あぐらかいて服見つめたまんま唸ってばかりで。パンツ見えますよ』

オロのセクハラには無視を決め込み、視線はベッドの上に放り出した服……学校の制服に落としたまま答える。

「……どーやって学校行くか悩んでんのよ」

『学校……学術養成所《アカデミー》ですな。その服を着んとまずいんで？』

「そーよ。制服着るには変身解かないといけないけど、そうなるとあんたが元に戻っちゃう。さすがに朝っぱらからベランダに放り出すわけにもいかないし……」

昨日みたいに夜の間ならともかく、今は明るい上にいつどこに人目があるかもわかったもんじゃない。さすがに元のサイズのオロを外に置いておくのは難しい。

セレンディアナのコスチュームは、困ったことに脱ぐという機能が備《そな》わってない。昨晩試してみたけどハサミもまったく通用せず、結局この服のまま眠らざるを得なかった。

ただ、質感としては普通の布と変わらないから、各所のアクセサリが少々邪魔なくらいで日常生活にはさほど支障《ししょう》ないんだけど……問題はこれからだ。

脱げないということは、制服に着替えられないということ。

「一旦《いったん》制服持って外に出るしかないだろう。どこかオロを隠しておける場所で変身解いて着替えればいい」

ドアのところで腕を組んだ兄が言ってくる。

「着替え中の妹の部屋に入ってくるなりそういう無茶を言うから、未《いま》だに彼女の一人もできないのよ」

「嫁なら二桁《けた》はいるぞ」

「……はいはい、モニターから出てくるといいね」

などとは言ってみても、実際のところ現実的な案はそれくらいしか思いつかない。

うーん……学校内かその近辺で、馬が一日隠しておけて着替えもできそうな場所って、どっかあったかしら……。

まあ、こうやって部屋で考えてても仕方ないか。いつまでも悩んでたら、それこそ遅刻してしまう。

たたんだ制服をセカンドバッグに詰《つ》め込《こ》んで、通学カバンと一緒に持ち上げた。玄関で学校指定の革靴を履《は》こうと思って、すでにブーツ状のものを履いてることに気付く。

そう言えば、変身解くとその直前の服装に戻るのよね。確か昨日はお風呂上りにパジャマ姿で変身したから当然裸足《はだし》だ……この靴も持っていかないといけない。あ、あとブラも着けてないんだった。

必要なものをあれこれ考えながら、革靴その他をビニール袋に入れてバッグに放り込んでいく。一通り忘れ物がないことを確認したところで、あたしは玄関を開けた。

「んー……いい天気」

少し前までの肌寒さも鳴りをひそめ、じんわりぽかぽかと暖かい。
あたしは思わず伸びをしながら、朝の空気を胸いっぱいに吸い込んでみたりする。
しかしそんな清々しさを押し退けるように、オロが急に真剣な声で話しかけてきた。
『……瑠奈さん、一つ忠告しておきますわ』
「なによ、いきなり」
『今日燃えるごみの日ですよね』
「……そうだけど」
なんでこいつはそんなしょーもないことを知ってるのか。
『気をつけんと人出てきますよ』
その言葉と同時、お隣のドアが音を立てて開ききる寸前にあたしは玄関に滑《すべ》り込《こ》んだ。
……そう言えばそうだった。一晩過ごして恐ろしいことに少し慣れが出始めてたけど、
今のあたしは人に見られたらお嫁に行けなくなる類《たぐい》の格好《かっこう》してるんだった。
そうなるとこれは……昨日の夜の比じゃなくインポッシブルなミッションだ。
……待て待て。落ち着いて考えなさい、瑠奈。
さっき出てったお隣さんは旦那《だんな》さんの方だった。となればたとえゴミ捨てであっても、
そのまま出勤してしまう公算が高い。戻ってきて鉢合《はちあ》わせということはないはず。
第一関門、お隣夫婦はやり過ごせた。あとはエレベーターを呼び戻して、下に降りき

るまでの間に誰も来なければいい……逆に言えば、途中の階で乗り込んでくる人がいたら逃げ場がないということでもある。

耳を澄《す》ませる。魔術で増幅《ぞうふく》された聴力で、すべての階の生活音を探り――

「――今っ！」

あたしは再びドアを押し開け、エレベーターまで駆《か》け抜《ぬ》けた。

ボタンを連打してエレベーターを呼ぶ。ドアが開ききるのも待たず乗り込んで、間髪を容れず『1』のボタン、『閉』ボタンを流れるような指捌《ゆびさば》きで押した。

その後の一分がまるで永遠のように感じられる。しかし……あたしは賭《か》けに打ち勝った。

マンションの一階、エントランスまで辿り着いたエレベーターの扉が開き――

「……なんかもうどーでもよくなってきたわ」

とぼとぼ歩く姿を防犯カメラに収められながら、あたしは根負けしたように呟《つぶ》いた。

外に出て、ひとまず昨日と同じ駐輪場の陰へ。フェンス越しに道路の様子を窺う。

清々《すがすが》しい朝の住宅街。当然そこには――

「……通勤通学の方がうじゃうじゃいるんですけどっ!?」

『おりますな』

「この服であん中歩けっつーんかい」

しかも今の時間この道を通るのは、ほとんどがウチの学校の生徒なんですけど。ちらほら覚えのある顔も見える状況で出て行く勇気は、さすがにない。

するとオロがあっけらかんと提案してくる。

『見つかりにくいとこ通ったらどうですの、ホラその辺の屋根の上とか』

「屋根って……そんなことできんの？」

『何のためにボクはアンタにそんな恥《は》ずかしいカッコさせとると思っとんですか。家程度なら余裕《よゆう》で飛び越えるくらいには身体能力アップされとるはずですわ』

「って魔族基準《まぞくきじゅん》で見てもハズイんかこのカッコ」

『つうよりはアレですな。現実と虚構《きょこう》の区別がついてないイタい感じの──』

「昨日まではついてたのよっ!!　そもそもこの服着せたのもあんたでしょーが!!」

結局あたしは、人生初の屋根通学を経験することとなった。

●

ひときわ長く、空《くう》を切る感触が頬を撫《な》でる。

ぐんぐんと近付いてくるコンクリートの平原を、爪先が捉《とら》えた。

「──っと」

なんとか無事、学校の校舎屋上に到着した。

屋上にダイレクトなのは、もちろん敷地《しきち》の隣に建つアパートの屋根からジャンプしてきたからだ。

当たり前だけど朝の屋上に人気《ひとけ》はなく、ようやくあたしは緊張を解くことができた。よく晴れた春の朝、この真っ黒な衣装で忍者の真似なんかすれば逆に目立つ。徹底的に人目を避《さ》けるため一瞬たりとも気を抜けなかったのだ。

あー、前に遅刻寸前で家からマラソンした時よりも疲れた。精神的に。

さて……学校に着いたのは良いとして、結局どうやって着替えよう。

昇降口を背にへたり込んで人心地つき、改めて考える。

「……いつまでもこんなところにいて、誰かに見られたらそれこそ一生もんの恥だし」

家でならまだ単に〝コスプレが趣味の女子高生〟だけど、今ここで見られたら〝学校でコスプレする女子高生〟にランクアップしてしまう。多分そのまま生徒指導室行きだ。

『早よ着替えたらどうですのん、今なら誰もおりませんし』

「……だからいるいないの問題じゃないんだっての……」

青空の下、屋上で生着替え。どんな事情があろうとやはり抵抗がある。

しかもこの学校、住宅地の真ん中に建ってるだけあって全方位から覗《のぞ》かれる可能性がある。やはりここで着替えるのは無理と言うほかない。

大体、果《は》たしてこんな場所に通常サイズのオロを放り出していいものか……。着替えるも恥、着替えてない姿を見られるも恥。にっちもさっちもいかないとはこのことだろうか。

「あー、マトモな魔法少女なら、それこそ魔法で別の衣装にぱぱーっと着替えたりできそうなもんを――」

嘆息《たんそく》するあたし。

どっちかと言うと、テクマク言いながらコンパクトを覗《のぞ》き込《こ》むよりは、プラナリキュアみたいに悪と戦う方があたしの好みではあるんだけど……いくらなんでも、せめてもうちょっと使い勝手の面でなんとかしてもらいたかった。いろいろと。

そのまま沈黙が訪れる。

だんまりを決め込む元凶に文句の一つでも言おうと振り返ると、オロはこちらを見つめたまま呆然《ぼうぜん》としていた。

『……瑠奈さん……』

ようやく絞《しぼ》り出《だ》された声も擦《かす》れている。まるで心底何かに驚いて……って――

『アンタもしかして天才かなんかですか？』

「……オイまさか」

――オロは言う。

魔術の中には〈変化《メタモルフォーゼ》〉というものもあって、別の何かの姿に化けることができる。

で、仮にその〝何か〟に〝自分〟を……それも、制服姿の自分を指定すれば、結果的に着替えたのと変わらない状況を作り出せるのではないか、と――

皆まで言い終えるのを待たず、あたしの手がオロの首根っこを鷲摑《わしづか》みにした。

「先に言え――ッ!!　ひょっとして昨日からのドタバタ全部徒労《とろう》か――ッ!?」

『しゃーないでしょーが！　服を着替えるなんて珍妙な風習持っとるのは人間だけなんですからっ！』

「そーだとしてもこんくらいの応用すぐ気付けっ！　脳みそも馬並みかこの駄馬《だば》っ!!」

『あァっ!?　創世のすべての知識《ナシ》すら授けるボクにそーいうこと言いますか!?　瑠奈さん、アンタとは一回キチッと話つけにゃならんようですな!?』

「おーやったらァ〈死鎌《しれん》オルクスタロン〉ッ!!」

あたしの殺意が鎌の形で具現化《ぐげんか》した。

●

「あー……疲れた」

ホームルーム終了のチャイムを聞きながら、あたしは自分の机に突っ伏していた。

ああしてアイデアは出たものの、言うとやるとでは大違い。予想外に難航《なんこう》する作業に、考えが甘かったと気付かされた。

あたしの変身中の姿は銀髪で、まずそれを元の黒髪に戻して変身しなきゃならない。変な色になってる瞳も同様に。その上で制服を正確に再現するために、数えるのも面倒なくらいの試行錯誤《しこうさくご》を繰り返し……ようやく成功させたのがチャイム直前、ギリギリで教室に来れたという顚末《てんまつ》。

しかもこの〈変化《メタモルフォーゼ》〉の術、かなり魔力を消耗《しょうもう》するようで、こうしてる今も体力とは別の何かがゴリゴリ削《けず》れていく感覚に苛《さいな》まれている。気を抜いたら元に戻りそうな嫌な予感がするせいで、下手《へた》に居眠りすらできそうにない。

ちなみに馬は激闘《げきとう》の末に気絶させた後、使わなかった制服のリボンで縛《しば》ってカバンの中に放り込んである。

「どしたの、瑠奈。憔悴《しょうすい》しきってるけど」

へばっていると、京子《きょうこ》があたしの席まで歩いてきた。

「ちょっと……昨日からいろいろあってね……」

「……ふぅん？」

首を捻る京子。その視線は今度はあたしの机の横、不自然なまでに膨《ふく》れたセカンドバッグに止まった。

「……なんか、ずいぶん大荷物ね」

「気にしないで」

相変わらず無駄に鋭い勘《かん》だ。こういう場合は、下手に言い訳を並べるよりもばっさりシャットアウトした方が余計な疑いを抱かれにくかったりする。

ちなみに中身は、本来のあたしの制服と靴とエトセトラ。見られてしまうと説明のしようがない。

京子は言葉を濁《にご》すあたしを訝《いぶか》りながらも、深くは聞いてこなかった。踏み込んでほしくない領域をわきまえたりだとかそういう話ではなく、単に薄情なだけだ。

何にせよ、放っておいてくれるのはありがたい。とにかくあたしは再び無我《むが》の境地《きょうち》に至《いた》るべく精神統一を……と思ったら、今度は別の方向からも声が飛んでくる。

「いい格好ですね、望月《もちづき》さん」

……また面倒なのが来た。

食事時以外にあたしに話しかけてくるなんて珍《めずら》しい。どういう風の吹き回しか知らないけど、何も今日そんな気まぐれを起こさなくてもいいだろうに。

「陽守《ひのかみ》……今あたし疲れてるから、嫌味なら明日にしてくんない……？」

何が嬉しいのか勝《か》ち誇《ほこ》ったような声音《こわね》の陽守を、顔も上げずに突《つ》っ撥《ぱ》ねた。

しかしそれが癇《かん》に障《さわ》ったのか、かえって陽守はヒートアップしてきゃいきゃいとまくし立ててくる。内容については聞き流してればいいけど、陽守の甲高い声自体が否応《いやおう》なしに脳に響いてダメージを与えてくるからたまらない。

これ以上精神を摩《す》り減《へ》らすと本気で〈変化《メタモルフォーゼ》〉が解けてしまいそうな気がして、あたしは観念して相手をすることにした。

「……で、なんの用なのよ陽守？　もう授業始まるわよ」

寝言と区別がつかないくらい無気力な声で尋《たず》ねると、陽守も気を取り直したように身を乗り出し、思い出したように質問を投げてきた。

「そうそう、望月さん……昨日の放課後、どちらにいらっしゃいました？」

「え……昨日？」

——な、なんでいきなり？

思いがけない奇襲《きしゅう》に心臓が跳《は》ねる。

「え、えーと……京子の委員会が終わるの待ってて、その後はまっすぐ家に帰ったけど、それが？」

咄嗟《とっさ》に嘘が口を突いて出た。しかし陽守はなおもしつこく、

「家、ですか……帰るまでは？」

やけに突っ込んで聞いてくる。

——まさか、見られてた？

あたしは冷や汗を隠すように嘘を重ねる。

「か、帰るまでって……別にどこも寄ってないわよ。何なのよ、一体」

陽守の疑いの眼差しは晴れない。しかし——

「……そうですか」

それ以上突っ込んでは聞いてこなかった。

乗り切った……？　けど妙な空気はそのままだ。

何とか話を逸《そ》らさなきゃ。あたしは助けを求めるように、一連のやり取りをさして興味もなさそうな顔で眺《なが》めていた京子に視線を移す。

……そうだ。昨日の京子の話。

ふと思い出し、目の前の親友を呼ぶ。

「そ、そう言えば京子」

「ん？」

「昨日言ってた話……女の子が戦ってるとかいう噂《うわさ》なんだけどさ——」

昨日は差し当たってのことで手一杯で、〝そのこと〟についてはほとんど考える暇《ひま》もなかったんだけど……状況がある程度飲み込めてきた今、不意に気になり始めてきた。

つまり、〝街で戦う魔法少女〟は実在するんじゃないか、と。

あたしと同じような経緯で変身して戦っているのだとしたら……親近感というか、同じ境遇の人間として苦労を分かち合いたいという思いも湧《わ》いてくる。

「――詳しく知ってる人？」

「そう。なんなら実際見たっていう京子の友達でもいいんだけど」

「なに、やっぱ興味あるの？」

「うん、ちょっと……どう、お願いできる？」

せめて一度くらい会って話をしてみたいと思うのは、悪いことじゃないでしょ？

「うん、いいわよ。それじゃ放課後声かけてみるわ」

「ありがと。お願いね」

快諾《かいだく》してくれた京子にお礼を言う。

「…………」

「ん、どしたの陽守？」

いつの間にか押し黙って考え込んでいるような様子を見せていた陽守に声をかける。

しかし陽守は、

「……あ、ええ。あぁいえ。なんでもありません」

歯切れの悪い生煮えの返事を返すのみ。そしてそのまま身を翻《ひるがえ》し、

「それではお邪魔いたしました。また後ほど」

と言うなり席に戻っていってしまった。

ほどなく教師が入ってきて、京子もそそくさと自分の机に戻る。

一時間目は古典。自慢じゃないけど、一番居眠りの自信がある教科だ。

……六十分、意識が保てればいいけど。


「……乗り切った……」

満足感を噛《か》み締《し》めながら、あたしは白紙のノートを閉じた。

組んだ腕を持ち上げて眠気を振り払っていると、京子があたしの席まで歩いてきた。

背中を反らしてストレッチをしながら尋ねる。

「京子、次なんだっけ」

「体育」

「うごッ!?」

「……なに、変な声出して？　ほら、さっさと更衣室行きましょ」

京子が促《うなが》してくる。けど、あたしはごまかし笑いを浮かべながら、

「あ、あはは……ごめん、ちょっと先行ってて！」

手を合わせて詫《わ》びる。京子は首をかしげながらも、教室を出て行ってくれた。

今のあたしの着ている制服、これは〈変化《メタモルフォーゼ》〉によって作り出したものだ。あの魔術がどういう仕組みなのかは知らないけど……昨夜の状況を鑑《かんが》みると、これがまともに脱

げるかは極めて怪しい。

試しにブレザーのボタンを外しにかかってみる……やはり、縫《ぬ》い付《つ》けられたようにびくともしなかった。

結局、解決策は一つ。

「しゃーない……屋上でも行って化けよう……」

バッグを抱え上げると、他の女子が向かうのとは反対方向へ廊下をとぼとぼ歩いていく。そのまま階段を上り、最上階のさらに上……屋上への鉄扉を押し開ける。

外に出ると、辺りを見回して人がいないことを確認してから扉を閉めた。朝と同じ場所でバッグを下ろし、体操着を取り出して地面に並べる……服のデザインの確認のためだ。

「よし、と」

準備を終えて立ち上がる。目を閉じて心を落ち着かせ、術を……使おうとしたところで金属の扉が軋《きし》みながら開けられる音が背後から聞こえてきた。

びくっと竦《すく》みあがって、恐る恐る振り返る。と——

「……なんだ、兄ちゃんか……」

昇降口の扉を開けていたのは、兄だった。脱力するあたし。

「階段でお前が見えたから追ってきてみたんだが……結局制服には着替えられたんだな」

「そーよ。今度は体操着に着替えなきゃいけないんだけどね」

「……ほう？　それで何でまたこんなところにいるんだ」

聞いてくる兄に、今のあたしの〃状態〃をかいつまんで説明する。

「なるほどな……そうだ、そういうことならお兄ちゃんが手伝ってやろうじゃないか。体操着を貸しなさい」

「……なにすんのよ」

「まず俺が着てモデルになってやるから、それを見て変身をだな――」

「いらんわ――ッ!!」

言いながらすでに自分の制服のボタンに手をかけ始めた兄の顔面に、あたしは靴入りのバッグを投げつける。

「いいからどっか行ってて！　これ変身する瞬間ちょっと裸になるんだから！」

朝の時点で気付いたことだった。魔族のオロはまだしも、家族とはいえ人間の男である兄に見られるのはさすがに抵抗がある。

兄を追い払い、疲れた嘆息を一つ。頭を切り替えて、すっかり使い慣れた〈変化《メタモルフォーゼ》〉の魔術を発動する。

今の制服を分解して、新たに体操着のイメージを強く頭に思い浮かべる――シャツとジャージ。お兄ちゃんはブルマの方が好みだな。今日の授業は確か外だから運動靴。

「……ってオイこらッ！　人が集中してる時にわざとらしく余計なコト紛れ込ませてんじゃないっ！」

「……瑠奈、なかなかいいぞ」

兄はグッと親指を立ててきた。

自分の体を見下ろしてみる。今のあたしは、上はジャージ、下はブルマという、なんだか狭いところ狙っちゃったようなスタイルだった。しかも途中で集中が途切れちゃったもんだから、それより下は裸足のまま。

「頷《うなず》くなっ！　もういいから邪魔しないで――」

「漣治《れんじ》？　屋上なんかで何して――」

いきなり現れた人物を見た瞬間、あたしの思考が凍りついた。

「な、なんで……？」

あり得ない。あってほしくない。

普段ほとんど人が寄りつかないはずの屋上の扉からひょっこり顔を覗かせているのは、生徒会長にして兄の友人、そしてあたしの片想いの相手――機織《はたおり》先輩だった。

いきなりと言えばいきなりの鉢合わせに、二人して無言で見つめあう。

……な、なんで先輩がこんなところに？　いや、それより――

今自分がどういう格好をしているかを思い出した瞬間、体中に冷や汗が滲《にじ》んでくるの

がはっきりと感じられた。

この学校の体操着は男女共にジャージか短パンで、ブルマなんてものは存在しない。つまりこんなとこでそんなものを穿《は》いてるあたしは、明らかにそういう用途で持ち込んで披露《ひろう》してる人にしか見えないわけで——

「……漣治、いくらなんでも妹さんでそういうのを満たすのはどうかと思うぞ」

「はっはっは」

声もかけられないのが、逆にいたたまれない。

しかも兄は否定も訂正もすることなく、やたら暢気《のんき》に笑うのみ……言っても無駄と悟ったのか、ようやく先輩はあたしに向き直り、

「瑠奈ちゃんも、こいつの言うことにわざわざ付き合う必要は——」

しかし露骨にあたしから視線を外して言ってくる。

そのころになってようやく、あたしは怒りに溶かされるように硬直から解放された。

顔が真っ赤になってるのが自分でもわかる。わなわなと震える腕を持ち上げ——

「あっ、葉巻型！」

青空を指差して叫んだ。

先輩と兄、二人の視線がその延長線へと向かう。あたしはすかさず兄の首筋に一撃を見舞い、力が抜けた体を急いで昇降口の建物の陰に引きずり込んで打ち捨てた。

そのまま目を閉じ、改めて〈変化《メタモルフォーゼ》〉の術を使う。あたしの服装が通常のジャージに切り替わった直後、空に何も見つけられなかった先輩がこちらに向き直った。

「何もないみたいだけど……ってあれ、いつの間に着替え……それに漣治は？」

きょろきょろと辺りを見回す先輩。ちょっと見えている兄の足を体で隠すような位置にさりげなく移動しながら、あたしは苦笑いを浮かべてすっとぼける。

「も、もう何言ってるんですか先輩、あたしはずっとこの服装でしたよ？　きっと風で裾《すそ》がめくれたせいでジャージがまるでブルマであるかのように見えてしまったんですよ」

兄については触れない。

「え……でもそんな強い風は吹いてないし、第一ジャージがそんなにめくれるとは――」

「ほ、ほら先輩、急がないと授業始まっちゃいますよー！」

先輩のもっともな反論を封殺《ふうさつ》するように、背中を押して校舎の中へ強引に誘導する。

そのまま階段を降りて三年の教室がある階で先輩を解放すると、あたしは校庭へと――

「……あ、靴」

裸足だった。

結局、体育の授業には五分ほど遅刻した。

なんだかんだで四時間目……そろそろ完璧に忘れ去っていたころ。

『ヴ――ッ!!　ヴ――ッ!!　ヴ―ぐふぉ』

「……誰ですか、授業中は携帯の電源は切っておきなさい」

黒板にチョークを走らせていた先生が眉《まゆ》をひそめて注意してくる。

「すいませんあたしですちょっと緊急の用事で失礼しますッ!!」

さり気なく蹴《け》りをブチ込んで黙らせたカバンを抱え上げ、慌てて教室を出る。

誰もいない廊下の突き当たり。未《いま》だにガサガサとやかましいカバンの中を覗き込むと、猿轡《さるぐつわ》を嚙ませておいたオロがしつこく言葉にならない呻《うめ》き声《ごえ》を上げていた。

「ちょっと静かにしてなさいよ!　むしろ永遠に寝てなさい!!」

仕方なくロープ兼猿轡のリボンをほどいてやる。

『……アンタはどうしてこう人でなしな真似が平気でできますかね……?』

開口一番の意味ある言葉は、怒りよりは呆れの色が濃かった。

「……で?　ただ暗い場所で縛られて声も出せないからって暴れてたわけじゃないんでしょ?」

『普通目覚めていきなりあの状況やったら……っていやそれより――』

思い出したように血相《けっそう》を変える。なんか忙しいわね、こいつ。

『神族《しんぞく》の反応です！　出撃頼んますわ！』

神族。

その単語に、昨日の記憶が蘇《よみがえ》る……光線を吐《は》く狼に追い回されて、えげつない武器で丸焦げにするという救いようのない泥仕合《どろじあい》。

「……どうしても行かなきゃダメ？」

『ダメです。放っとくわけにゃいかんでしょうが』

しょうがって当然のように言うけど、別にあたしには何の関係もないはずなんだけど。しかしこのまま言い合いを続けたところで、オロが諦めてくれるとは思えない。あたしは早々に折れることにした。

「……わかったわよ。で、どこなの？」

『ここの屋上ですな』

「……へ？」

さらりと言ってのけるオロに、間抜けな声が漏《も》れてしまう。

「……ちょっ、それ大丈夫なの!?　学校のみんなを巻き込むようなことになったら洒落《しゃれ》じゃ済まないわよ!?」

『今のところ、あまり敵意や害意は感じられませんが……まあ、相手の目的なんぞこの際どうでもええですわな』

……割とそこ重要な気がするけど。

とにかく、悠長にしていられる場合じゃなさそうなのは確かだ。あたしは急いで階段を駆け上がった。

今日だけで何度目かもわからない、屋上の鉄扉を押す。薄暗い階段に外の光が差し込んでくる。明るさに目が慣れてから、外の様子を見た。

何もない屋上の真ん中で、一人の男が佇《たたず》んでいた。

そう、それは——

「……まるで人間みたい……」

『そうです。高位の神族や魔族はヒトの形に変化《へんげ》することができるんですわ。特に霊界《れいかい》で行動するには何かと都合も良いですしな』

その真っ赤な髪や、仰々《ぎょうぎょう》しい服装を見れば……少なくとも、日本人でないことは一《いち》目瞭然《もくりょうぜん》。けど、人間であることを否定できるような外見上の特徴《とくちょう》もまた見当たらなかった。

神だ魔だって話を知らない人が見れば、人間じゃないなんてことは考えもしないはず。

しかしその男は、あたしたちの到着を待っていたかのように見上げてくると——

「やはり出てきたか、魔族」

唇《くちびる》の端を持ち上げ、はっきりと断言した。

『ちっ――気付かれとりましたな』

憎々しげに言うオロ。離れた場所にいるそいつに向けて、声を張り上げる。

『アンタ、こんな場所に何の用ですのん』

「貴様らに教える義理はない。邪魔をするな」

『そうですか。なら是非とも口を割りたくなってもらいましょ――』

「ちょっと？　オロさん」

『……後にしてくださいや。今真面目な話しとるんですから』

「いいから。どうもそこの人、あんた狙って来たわけじゃなさそうなんですけど？」

『そのようですな。何の目的かは知りませんが、この街で勝手は――』

「いやだから、なんであたしたちがわざわざちょっかい出さなきゃなんないのよ？」

『……ボクの目の届く範囲で神族なんぞにウロチョロされたら目障りですやん。ホラ、寝てる時に部屋ん中に蚊がおったらイヤでしょ』

「なんじゃそのワガママは!?　そのためにあたしまで駆り出すなっ!!」

あたしが振り下ろしたゲンコツを、オロはするりと飛んで避《よ》ける。

あたしたちの漫才にもさして興味は示さず、神族はバカにしきった様子で鼻を鳴らす。

「何の相談か知らんが、やるというのであれば先に貴様も片付けてやる。しかし――」

その目が不意に、あたしを見た。

「そこの女。貴様は何者だ」

「あーいやあたしはただの」

『ハッ、神族ごときが臭い口で話しかけんなや。この方は我等の最終兵器、セレンディアナや。オマエなんぞ二秒で三枚に』

「なんで無駄に煽《あお》ってんのよあんたは――っ⁉」

慌てて宙に浮かぶオロをはたき落とし、踏みつけて黙らせた……けど、手遅れ。神族の方から放たれる気配が、明らかに剣呑《けんのん》な感じに変わっていた。

あたしの足から逃れたオロが浮上しながらぶつくさ文句を言ってくる。

『……えーやないですか、どうせそいつ全殺《ぜんごろ》しにしてオデコに〝肉〟書かにゃならんのは変わらんのですし』

「あんたがやれあんたがっ‼　一人でっ‼　せっかくあたしだけはこっそり帰れそうだったのにもう完っ璧敵だと思われちゃってるじゃないのよ⁉」

取っ組み合いを開始したあたしとオロを、神族は遠くから冷ややかに眺《なが》めながら、

「……最終兵器？　どうやら魔の力を受けてはいるようだが、霊族《れいぞく》ごときに何ができる」

面白くなさそうに嘲《あざけ》ってくる。それはまあ別にどうでもいいんだけど――

「ところでオロ、霊族って？」

あたしが気になったのはそこだった。その言葉は今までも何度か出てきてはいたけど、その意味はわからないままでいた。

『あー、まだ説明しとりませんでしたか……『霊族』っちゅうんは、要するにこの世界に住むアンタらのことです。魔界とも神界とも違うこの世界、『霊界』に住む動植物すべてをひっくるめて、ボクらは霊族と呼んどるんです』

あっけらかんと答えるオロの言葉を、必死で咀嚼《そしゃく》する。

つまり、あたしの住むこの世界……あたしに言わせれば『人間界』とでも表現できそうなここは、オロやそこの赤髪なんかからすれば『霊界』で、そしてそこに住むあたしは『霊族』となる……そういうことだろうか。

あたしの理解を補足するようにオロは続ける。

『霊族は元来『力を持たない種族』として作られとるんですわ。そのせいか、奴《やっ》さんみたいに未だに霊族を見下しきっとるのもおるんです。プライドだけ高くて実力がついてきとらん連中ほどその傾向が顕著《けんちょ》でして……ま、ある種の劣等感の裏返しなんでしょうな』

バカにしきった声でまくし立てるオロ。赤髪は腕組みしてこちらを睨みつけたまま、オロの言葉が終わったのを見て取るとおもむろに口を開く。

「……無駄話は終わったか？　では……死んでもらおう」

吐き捨てるように言うと、手を横に広げた。足元から溢《あふ》れるように、光——いや、色を持った風みたいなものが吹き上げた。

その顔は余裕ぶってるけど……よく見るとこめかみがピクピクしていた。バッチリ挑発できてしまったらしい。

あーもう、どうやらやるしかないみたいね……！　オロのせいで！

あたしは目を閉じて一つ息を吸った。何となくだけど、使ってる術をキャンセルするように念じる。

見えない鏡が割れるようにあたしの制服姿が散り、目を開けた時にはもう昨夜からの忌々《いまいま》しいコスチュームに戻っていた。

黒と赤のワンピース。セレンディアナの戦闘衣装だ。

そしてそのまま、右手を横に突き出して喚《よ》ぶ。

「〈死鎌オルクスタロン〉っ!!」

あたしの手が大鎌の柄を握り込むのとほとんど同時に、視界から前ぶれもなく奴の姿がかき消えた。

「……え？」

突然すぎてどうしていいやらわからず立ち尽くすあたし。

『何ボケっとしてますん!?　避け——』

途中からは激痛に阻《はば》まれて聞き取れなかった。

世界が引っくり返ったみたいに、滅茶苦茶にシェイクされる感覚。視界はブレて何が何だかわからず、体のいたるところを熱さが襲ってくる。

ひときわ大きな衝撃を最後に目の前の光景がピタリと停止してようやく、あたしは敵に吹っ飛ばされたのだと理解が追いついた。不意打ちのような今の一撃で、あたしの体は屋上の端、フェンスに叩きつけられるように転がされたらしい。

「……あ、に」

声すらうまく出せずにもがく。

何、今の——？

急に消えたと思ったら、訳わかんないうちに吹っ飛ばされて……。

状況の把握に努《つと》めている途中で、えも言われぬ嫌な感覚に突き動かされて、あたしはとにかく手の鎌を大きく振り回した。

周囲をぐるりと薙《な》ぎ払《はら》う太刀筋は残念ながら何の手応えも伝えてこなかったけど、直後に屋上の真ん中辺りにさっき見失ったままの神族の姿が現れた。

「——ふん」

面白くなさそうに鼻を鳴らす赤髪……あのままぼさっとしてたら、多分致命的な追い討ちを食らってただろう。

あたしは痛みを堪《こら》えながら立ち上がる。

……何なのこいつ、テレポートでもできるとか言うつもり？

奴は余裕ぶっこいた感じで腕とか組んでいた。かなりムカッとくる態度である。

腹が立つのに任せて、あたしは鎌を構え直すや否や、一直線に突進をしかける。

袈裟懸《けさが》けに斬り降ろすも、やっぱり直前で奴の姿がかき消えた。その場を飛び退いて視線を巡《めぐ》らせると、さっきあたしがいた場所の真後ろに移動しているのを発見する。ステップで慣性を押さえ込んで、再びそっちに向かって全力で突っ込んでいく。強化されたあたしの脚力が、とんでもない速度で相手との距離を縮めにかかる！

――しかし、横一文字に振り切った鎌の刃は、やはり何も捉えることはない。

無理な動きを続けたせいか、うまく制動がかけられずたたらを踏《ふ》むあたし。その横っ面に、またしても痛烈な一撃が襲いかかった。

吹き飛ばされ、前後不覚に陥《おちい》りかける。追撃を振り切るように夢中で飛び退きながら、何とか意識を手放さないように強く唇を噛みしめた。

天地の感覚が戻ってきたところで目を見開き、急いで敵の姿を探す。赤髪はやっぱり一定の距離を取った場所で、悠々《ゆうゆう》と構えていた。

一気に上がった息に肩を上下させながら、睨み合う。

くそっ、こうなったらっ……!!

あたしの足が再びコンクリートを蹴る。全力で相手との距離を縮めながら、振りかぶった鎌の切っ先をその体に突き立て――ようとしたはずが、気付いたら豪快に空振りした鎌が勢いを殺しきれずに屋上を削っていた。またもや瞬間移動されたんだろう。

まるで馬鹿の一つ覚え――相手はそう思っただろうか。

でも、元より当たるとは思ってない!

あたしは相手の姿を探るようなことはせず、ただ今しがた地面に突き立てた鎌を思いっきり振り上げる。真っ直ぐ、背中の方まで。

「げぐ」

鈍《にぶ》い手応えとマヌケな声。

よっし！　ざまぁっ！

前に軽くジャンプするように飛び退きながら一八〇度体を捻る。そこには頭を押さえる赤髪の姿。

瞬間移動して、相手の背後を取って攻撃。これがこいつのパターンなんだろう。

あたしの鎌は片方にしか刃がついてない。だから今の一撃も、単に脳天ぶん殴った程度のダメージしか期待はできないけど――

「…………殺す」

ちょっと涙目になってるように見えたのはあたしの気のせいかどうか。とにかく怒りに震えながら呟く声など聞いてやる義理もない。あたしはまだ何か言いたげだった神族に間髪の暇《ひま》も与えないつもりで斬りかかる。若干反応が遅れた赤髪。

イケるか――!?

あたしは、またもや吹っ飛ばされた。

目が眩んで、自分が今どういう風に飛んでいるのかもわからない。

なんか唐突に光って、目の前真っ白になって……。

要するに、ビームだかエネルギー弾だかに真正面から突っ込んじゃったらしい。

……えー、なにそれ。

よろけながらも何とか立ち上がる。髪とか服がぷすぷすと煙を上げていた。

「……っなんなのコイツ!?　めちゃくちゃ強いんですけど!?」

ちゃっかり避難していたらしいオロに横目で訴《うった》えかける。

どうにか瞬間移動に食らいついていけるようになったと思ったのに、あんなんまで使えるなんて聞いてない。

『落ち着いてください!!　確かに相当な神力の持ち主ですが、セレンディアナに幻身《げんしん》しとる今なら、たとえ瑠奈さんが不慣れでも後れはとらんはずです』

「じゃーなんであたしは焦《こ》げてんのかしらッ!?」

『瞬間移動の類《たぐい》にも弱点はあります。その一つが、空間に固定の防御陣《ぼうぎょじん》や力場《りきば》が使いにくいこと……そういったもんまで引き連れてワープはできませんからな。つまり防御が手薄になりがちなんです』

「って言われても……大体どう戦うのかだってよくわかってないってのにっ」

あたしが今できることと言えば、こうやって刃物で斬りかかるか、後は昨日の火炎放射器か……でもあんまりアレ使いたくないなぁ。

『何でもええからホラ、魔術撃ちまくってればそのうち当たりますがなっ!!』

「女子高生が魔法の撃ち方なんぞ知ってるわけないでしょっ!?」

『技術やのうて気持ちの問題ですわ!!　イメージとしてはホラ、ポケットから取り出したスライムを思いっきり投げつけるのと大差ありませんって!!』

「どーいうたとえじゃ――っ!?」

『ボクに向かって撃ってどーすんじゃ――っ!!』

あたしの鎌から迸《ほとばし》った光の弾をすんでのところで回避しながらオロが叫んだ。

「って……なるほど、今の感じ……!!」

ツッコミ入れたい一心からか、どうもぶっつけ本番で会得《えとく》してしまったらしい。

鎌を握る自分の手元に目を落とした。うまく説明できないけど、手から力を流し込む感覚。それに応えるように、鎌の刃が淡く光を放つ。あとはこれを相手に向けて投げつけるイメージで――

自分の世界に入り込んでいたあたしの視界の隅《すみ》で、何かがフラッシュする。

『危ない瑠奈さんっ!!』

「うひ――ッ!?」

思わず、頭を庇《かば》うように地面にしゃがみ込んだ。しかしそんなあたしに向かって敵の撃ち出した火球が飛来して――

あたしの目の前に出現していた盾《たて》みたいな光の魔法陣に遮られ、火の玉は弾けるように散った。

『おおっ、その調子ですわ!! とりあえず攻撃と防御はそれで事足ります!! ちゃちゃっとアイツに地獄見せたってくださいや!!』

なるほど、ああいう感じで防御魔法にもなるってわけね！ 自分でどうやって出したのかもわかんないけど！

あたしは改めて力を集中させる。鎌を振るとその刃先から零《こぼ》れ落《お》ちた光が雫《しずく》となって、推進力を得たように赤髪に向かって駆けていく。

しかし相手は避ける素振りも見せることなく、ただ左手を前に突き出した。それだけで、あたしの魔法は道半ばで砕けるように消える。

「ふん、確かに威力は侮《あなど》れるものではないが……当たらぬ弾など何の脅威《きようい》にもならん」

見下した口ぶりで言いながら、今度はその左手を払うように横に振る。その瞬間光の筋が横一直線に生まれ、津波のようにあたしの方へ襲いかかった。

慌ててあたしが展開した魔法陣に触れた部分だけ削り取られながら、光の刃は後方へと流れ去っていく。

「えらっそうに――――!」

即座に反撃するあたし。そのまま魔術と神術《しんじゅつ》が応酬される。

……しかし、悔しいけどあいつの言う通りだった。今初めて魔法を覚えたようなあたしの攻撃は、ことごとく無効化されるか、瞬間移動で回避されてしまっていた。

対して敵の攻撃は、今のところなんとか防げてはいるけど……いつまでも捌《さば》ききれる自信なんてない。

このままじゃ、今のやり方じゃいずれ競《せ》り負《ま》けるのは目に見えてる。

……何か考えないと。初心者のあたしでもあいつに攻撃を当てるには――――!?

オロは言った。敵は防御が手薄なはずだ、と。

「なら……これでどう!?」

あたしは喚ぶ――――二つ目の武器を。

「〈殲刀《せんとう》ペイルリッパー〉!!」

伸ばされたあたしの左手に、一振りの刀が出現した。蒼《あお》ざめたそれを掴み、右手の鎌と左手の刀を交差させる。

セレンディアナの武器は単なる刃物としての用途だけじゃなく、魔力の増幅《ぞうふく》、魔術の発射台みたいな機能も兼ねてるらしく……まあ要するに、魔法少女の杖に相当する役割も持ってるってこと。そしてそれを複数同時に使えば――

あたしは両の目を閉じる。

イメージ。オロに言われたようにあたしは強く思い描く……スライムではない。あたしの周囲を無数に旋回する光。なんか一瞬パッと思いついたのはゴミの埋立地に飛び交う鳥みたいな映像だったけど、なかったことにする。

ゆっくりと目を開く……うん、いい具合。

「ば、馬鹿な……!?　数万の魔力弾を瞬時に……!?」

神族が顔色を失っていた。あたしの周囲に浮かんでいる、小さな赤い光たち。敵はあたしの考えに気がついたんだろう、慌てたように大きく後ろに飛び、そのまま――

「――逃がすわけないでしょッ!!」

大鎌の刃に刀を交差させる。半月と直線を組み合わせたその様は、さながら引き絞った弓のよう。

そしてその切っ先が狙うは――空中に舞い上がった赤髪！

あたしが指し示したその先に、無数の蛍《ほたる》のような光たちが追従《ついじゅう》した。

「なッ——!?」

打ち消されるなら数を増やす！　避けられるなら……追尾させればいい!!

「いっけぇぇぇぇぇ——っ!!」

光の一つ一つが意志を持つかのように動きを見せながら、あらゆる軌道で敵へ向かって殺到する。敵も瞬間移動で逃げようとするけど、その行き先を即座に嗅《か》ぎつけるように光の群れはそちらへ一斉に方向を変えて追い詰めていく。

「ぐっ——!!」

敵の体に食らいついた光が小爆発を起こす。元が豆電球程度の大きさだから、一つ一つにはそこまで威力はない。けど——

立て続けに着弾する何百、何千という光弾に押し切られ、ついに奴の体が屋上へと墜落した。それでもなおやまない光の雨に打たれて、無様《ぶざま》に這《は》いつくばる。

「ふふん、ざっとこんなもんよ。さあオロ、トドメのアレを——」

しかし。

あたしが両手の武器を手放してオロに例の奴の召喚を要請した瞬間、赤髪の姿がかき消える。

どこにそんな力が残っていたのか——あたしが勝利を確信して油断を見せた一瞬の隙《すき》に、敵はあたしの目の前に瞬間移動していた。

「しまっ——!!」

あたしの手を離れた鎌と刀は、すでに虚空《こくう》に散ってしまっている。今からじゃ、別のを喚ぶにも間に合わない!

ボロボロになりながらも、そこだけはっきりと憎悪を燃《も》え滾《たぎ》らせる敵の視線があたしを射抜く。赤髪は、あたしに摑みかかるように手を伸ばし——

あたしは咄嗟《とっさ》に、目の前の〝それ〟を両手で握り締めた。

「……え……?」

反射的な行動だった。自分でも理解できていない証拠に、喉から間の抜けた声が漏《も》れてしまう。とにかくあたしは藁《わら》にもすがるようにその赤い光に手を突っ込んでいて——

首を竦《すく》ませたあたしが手にしているのは、昨日も目にした長い柄。

手に、軽い衝撃が伝わってくる。

そう。これはあの必殺草刈り機——長杖〈血涙天令《ザラキエル》〉。

理解した瞬間、コンクリートに重く鈍い音を立てて変わり果てた赤髪が転がった。

『いやー、一太刀《ひとたち》のもとに首を刈るとは……なかなか瑠奈さんもわかってきたやありませんの』

「ちが……違うのこれは……ごめんなさい許して……」

あたしはくずおれるように手を突いて謝っていた。しかし返事はない。なぜならすでにそれはただの屍《しかばね》だから。

あたしは悪くない。あいつがあたしに突っ込んできたのが、そしてオロがあたしの目の前に〈血涙天令《ザラキエル》〉を喚び出したのが原因だ。つまりこれは不幸な事故なのよ。

そうしてさめざめと泣いていたあたしにオロは、

『それより瑠奈さん……そんなのんびりしとってええんですか』

急に真面目くさった声で言ってくる。

「いいって……なにがよ」

『……ヤツのことですわ』

オロが顎《あご》で示す方向にあるのは、首が胴体から離れてしまった神族の成れの果て。あいつが一体どうしたって——

『血ィ吸うなら早くせんと、消えてなくなりますよ』

「誰が吸うか——ッ!?」

こいつはひょっとして、あたしを人間だと思ってないんじゃないだろうか。

『……そーいうワガママ言うとると、もったいないお化け出ますよ』

「あたしの体は血なんぞ吸う必要ないのよっ!!」

……ないわよね？　そう信じたい。

そうこうしてるうちに、死体がだんだんと色を失って蒸発していく。それをもったいなさそうに見送っていたオロだけど、ようやく気を取り直したのかあたしの方を向いた。

『んでも正味の話、やっぱ才能ありますわ瑠奈さん。やっぱボクの目は正しかったたってことですな』

あたしも過ぎた過失致死にいつまでもウジウジしてはいられない。立ち上がってオロに言い返した。

「だから嬉しくないっての。首刈りの才能なんぞあったたって」

そんなスキル、ごく普通の真面目な女子高生には一生縁がなくて結構だ。

と、げんなりしてたあたしの耳が、不意にかすかな音を拾った。

じゃり――と、砂を踏むような音。屋上の端っこ、外周のフェンス以外何もない辺りからだった。しかしこの場にいるのは――少なくとも地面に足をついて立っているのは――あたし一人。

誰かに見られてた……？　でも、音のした方には何も見えない。このだだっ広い屋上で、逃げ隠れするのはいくらなんでも無理がある。

『どないしましたん、瑠奈さん』

「いや……その辺に誰かいたような気がしたんだけど」

『……ふむ。ボクは何も感じませんでしたが……』

怪訝《けげん》そうな声音でオロが答える。そう言われてしまえば、あたしも頷くしかない。

『ま、気のせいでしょ』

「……それもそうか。あーあ、なんか疲れた——って、え？」

ぐっと伸びをした途端、あたしの身体がいきなり赤と黒の光に包まれる。体中を巡ってた魔力が急激に引いていく感覚。これは——

「ん、どうかしましたん」

「いや……今の、勝手に変身解けちゃったんだけど」

光が収まると、あたしの服装は魔法少女のコスチュームから普通のものに戻っていた。

昨日の夜は「戻れ」と強く念じないと変身解除できなかったはずなんだけど……。

首を捻るあたしに、元のサイズに戻ったオロは驚いた様子もなく馬の口を動かす。

「ふむ。消耗が激しかったせいですかね」

さっきまでずっと〈変化《メタモルフオーゼ》〉しとったわけですし、と付け加えてくる。そう言えば、今の格好はパジャマ姿だ。

「……って、どーすんのよこれ！　あんたは馬だしあたしパジャマだし！　制服だって教室置きっぱなしなのよ!?」

さっき慌てて飛び出してきたせいで、着替えの入ったバッグを持ってくるのを忘れてしまっていた。取りに戻ろうとしたところで、この格好じゃ目立ちすぎて動きようがない。

あたしは再び幻身しようと、ステッキを構えて呪文を唱える……けど、体は正直だった。ああこれがMPが足りませんって感覚なのかと変にしみじみ感動していると、オロの方はと言えばまったく気にした風もなく、

「ま、ちょっと休めば幻身くらいはできるようになりますでしょ。ちょーどええ陽気ですし、のんびりして行きましょうや」

言うなり足を折りたたみ、うずくまってしまった。

「うぅ……」

散々授業に遅刻したうえに、授業中にいきなり飛び出してそのまま戻ってこなかった生徒……今日一日で確実に問題児のレッテルを貼られてしまった気がする。

無理矢理魔族の手伝いをさせられた挙句《あげく》、内申《ないしん》まで下げられるなんて冗談じゃない。とは言え、このままじゃ身動きが取れないのも事実だった。あたしは諦めて馬のお腹の辺りを枕にして寝転がり、サボりの言い訳をあれこれ考え始める。

雲一つない快晴。ジリジリと降り注ぐ太陽の光が、そろそろ夏も近いことを告げていた。それを冷ましてくれる風に頬を撫《な》でられているうちに、自然と瞼《まぶた》も落ちてくる。

閉じた目に感じる、心地いい薄明かりに意識を溶かされながら――

あたしは唐突に目を開け、首を馬の頭のある方に捻った。ずっと気になってたことを

尋ねてみようと思ったからだ。

「そう言えばさ、昨日から戦ってて思ったんだけど……あたしの武器って、魔力以外にも何か混ざってない？」

その質問に、感心したような声が返ってきた。

「お、なかなか鋭いですな瑠奈さん」

待ってましたとばかりの得意げな口調で答えるオロ。

「そうですな、いい機会ですし改めて説明しといてもええでしょう……そもそもセレンディアナは、厳密には魔界の力とは言い切れんのです」

その口振りから、長くなりそうな雰囲気が伝わってくる。ひょっとして余計なこと聞いちゃったんだろうか。

……まあ、あたしも未だにコレのこと全然わかってないし、聞いておいてもいいか。

「セレンディアナはかつて神と魔が共同で作り上げたものなんですわ。神族の中でも我々と親和性の高い『死神』と『月神』の力を取り入れ、おまけに人間、つまり霊族が使うことを前提として作られた……言うなれば魔神霊の合作。それが瑠奈さんの持つセレンディアナです」

作る。合作。魔法とかには極めて似つかわしくない言葉が次々と飛び出してくる。

……もうこれ、こいつらの中じゃ完全に兵器の類として扱われてるみたいね……。

そんなあたしの認識を裏付けるように、解説は続く。

「セレンディアナの武器の製造は神族の担当でした。つまりアンタの使う武器は神力によって動作しとるんですわ……実を言えば、今回我々が神族への対抗手段としてセレンディアナを選んだのもそこが理由でして」

「セレンディアナを選んだ理由？」

「はい。例えばアンタが神族やとしましょう。そんで魔族との間に戦いが起きた……アンタは当然、魔術に対する備えを固めるでしょう？」

オロが言う状況を想像してみた……まあ、確かにそうだろう。攻撃されることがわかっていて何も対策をしないなんてことは――

「そこで裏をついて、魔族が神術を使ったらどうなります？　魔術で来ると決め込んで、対策を怠《おこた》っとった神族は大打撃を受けますわな。戦争中にまさか味方から攻められるとは想定しとらんのですから」

……あー、なるほど。何となく話が見えた。

「もちろん、魔族に神術は使えません。しかしセレンディアナは神力を宿した武器を使える……そういう意味で、アンタは魔族にとっての切り札なんです」

魔族を狙ってくる相手に神力をぶつける。それができるのが、あたしのセレンディアナっていうわけか。

「数々の強力な魔術と、神力を宿す武器を兼ね備えたアンタなら、相手が耐神魔遮蔽《たいしんましゃへい》術式《じゅつしき》でも使ってこん限りは物の数やありませんわ」

……いや、またそこで知らない単語引き合いに出されても困るんだけど……まあ何が言いたいのかは大体わかるから突っ込まないでおこう。キリないし。

だけど、それはともかくとしても。

魔界にありながら、神族の力を持っていて、人間が使うためのモノ——このセレンディアナという存在が、こんなものが作られた理由が、ますますわからなくなった気がする。

とにかく、説明はそれで終わりらしい。再び訪れた無言の時間に、あたしは知り得た事実と事情を整理しようと頭の中で黙考に耽《ふけ》る。

「それにしてもさっきの相手、一体何が目的やったんでしょうな」

寝そべっている馬が言いながら目を向けていたのは、もうその痕跡《こんせき》すら残ってないけど、さっきの神族が死んでいた場所。

「……今さらそーいうこと言わないでよ」

理由も知らず殺しましたなんて、実行犯やらされるあたしの身にもなってほしい。

でも確かに、あいつはオロを狙ってたわけじゃないようだった。「邪魔をするな」——あいつがそう言ってた以上、この学校で何か目的があったのは間違いないんだけど——

「——オロバス？」

前触れもなく、声が屋上に響いて抜けた。

「え——」

声の元に目を向けると、校舎内に通じる鉄扉が開いていた。

そして、およそこの場所には似つかわしくない——小学生くらいの子供の姿。こちらが気付いたのを見るや、歩み寄ってきた。

今、あの子は確かに呼んだ……『オロバス』と。

それはつまり、彼は——

「ヴォラク!! 無事やったんか!!」

あたしの隣で、オロが嬉しそうに叫んでいた。

駆け寄ってきた少年に、馬がするように頭をこすりつけながらあたし一人を置いてけぼりにして喜んでいる。

金髪に碧眼。ヨーロッパ辺りのどこだかでは、その年代の少年というのは少女よりも美しいと聞いたことがある——目の前の彼はそんな話を思い出させるほどに、文句のつけようもない美少年だった。

「……誰？」

呆気に取られたまま、とりあえず聞けたのはそれくらいだった。

首をこちらに向けると、まだ少し嬉しさで震えたままの声でオロは答える。

「ボクの仲間で、セレンディアナの適合者《てきごうしゃ》探しの前任者なんですわ。でも霊界に行ったきり行方《ゆくえ》がわからんようなってて――」

オロの首に手を置いて撫でるようにしながら、少年の碧《みどり》の瞳があたしに向けられた。

「僕はヴォラクと言います。オロバスとは同僚なんですが……ちょっとトラブルに遭ってしまって。ここで傷が癒《い》えるのを待っていたんです」

なるほど、この子も魔族なのか。

ということは、さっき感じた気配もこの子だったんだろうか……でも、音が聞こえたのって、この子が出てきた昇降口とは丸っきり別方向だったような……？

首を傾げるあたしに気付いた様子もなく、オロはしきりに頷きながら喜んでいる。

「そうだったんやな……いや、無事で何よりやわ」

ハッと思い出したように表情を険しくする少年――ヴォラク。

「そのことだけど……ついさっき、この辺りで神族の気配を感じたんだ。僕を狙ってきたのかと思ったんだけど、突然反応が消えちゃって――」

そこまで言って考え込むヴォラク。けど、対するオロは軽い口調で笑い飛ばした。

「ああ、それならたった今葬ったとこですわ」

「え……!?　かなり強力な神力を持ってるみたいだったけど、君一人で？」

「ああ、いや。まだ紹介しとりませんでしたな。こちら瑠奈さん……セレンディアナを託《たく》したお方です」

言われてヴォラクの目があたしを……続いてあたしの手に握られたステッキを見る。そしてその表情を輝かせると、

「そっか、セレンディアナが見つかっていたんだね……!!」

と、感嘆の声で喜びを露《あらわ》にした。

そんなヴォラクを見ていると、改めてセレンディアナが魔族にとって重要な存在なのだと思い知らされる。ほとんどハメられて変身したあたしには、単に厄介な役目を押しつけられたという気持ちしかなかったけど……。

「なかなかスジもええですわ。ま、このボクが見出した人ですから当然ですがな」

まるで自分のことのように自慢げに言うオロ。ほんと、自分は何にもしてないクセにあたしの苦労も知らずに偉そうなこと言いやがってからにペテン師風情が。

顔を引きつらせるあたしとは対照的に、ヴォラクは無邪気に顔を輝かせている……と、今度はきょとんとした顔になって、

「ところでオロバス。どうしてその姿のままなの?」

と首を傾げる。ころころ表情が変わる様は、まるで本当の子供みたいだ。

今、あたしは変身を解除しているので、オロは馬の姿に戻っている。小学生くらいの

身長しかないヴォラクと並ぶと、オロのデカさが余計に際立って感じられた。

「いやぁ、この瑠奈さんがセレンディアナの姿嫌がるんですわ。こっちじゃ魔術も制限受けるんで幻身中しか小さくなれんし――」

「……え？　いやそういうことじゃなくて」

嫌味な口調のオロを遮るように、ヴォラクが――

「霊界で活動するなら、人間に化けた方がいいんじゃない？　ほら僕みたいに」

なんか、すごく当然のように言った。

「「え」」

固まるあたし……と、オロ。

そう言えば、このヴォラクって子はどう見ても人間としか思えない姿をしている。金髪と整った顔立ちの美少年。やたらでかい黒馬のオロとは大違いだ。

「高位の神族や魔族はヒトの形に変化することができるんですわ」――不意に、さっきのオロの解説が脳裏で再生された。そしてそう、オロは自分のことを王子だとか何だとかとも言ってたような――

「……そういやそんなことできたっけな」

「……うん、ご覧の通りだけど」

あたしの中で、何かがぷちんと切れる音がはっきり聞こえた。

「……オぉぉぉぉぉロぉぉぉぉぉぉぉさぁん？」

「いや瑠」

「あんたさっきからそればっかじゃないのよっ⁉　本っ格的に頭ン中スカスカみたいねこの馬鹿馬が——ッ‼」

全身のバネを利かせたあたしのアッパーが、馬の顎を打ち据えた。

頽《くずお》れる馬と、肩を怒らせてそれを睨みつけるあたし……そんないつもの光景を見てどう思ったのか、少年は取《と》り繕《つくろ》うように言った。

「ま、まぁとにかく……早く変化しなよ。その方が都合いいでしょ？」

「……うむ、そうですな……」

倒れたままの馬が答えた瞬間、オロの姿とその周辺の景色だけが滲むように歪んだかと思うと、次の瞬間には、オロは人の姿になっていた。

「……よいせっと。どうです瑠奈さん、ボクの姿は」

言いながら体を起こした。あたしはそんなオロの人間形態をジロジロと観察する。

ツンツンと跳ねた短いアッシュブロンドに、やや色の濃い肌をした青年。やんちゃ少年がそのまま成長した感じの……まあおよそあたしのイメージしてた通りの姿だった。

「う、うん……まあ、いいんじゃない？」

あいまいに返事を返したあたしにオロは、にかっと陽気に笑いかけてくる。今までの

小憎《こにく》たらしさなど感じさせない屈託のない顔に、あたしは何となく目を逸らしてしまった。

……とにかく、オロがあの目立つ馬の姿でなくなった以上、あたしは自由に変身を解くことが可能になった。つまり、これで目下の問題は一挙に解決したと言っていい。

その時、屋外スピーカーを通して大音量で授業終了のチャイムが響く。

ちょうどいい。もう一度制服に化けて着替えさえ回収してくれれば、あとは変身を解除して普通に授業に出ることができる。

「とにかく、あたしは教室に戻るわ。あんたたちは？」

二人に尋ねた。オロは少年の方を向き、

「とりあえず、ヴォラクは一旦魔界に戻ってください。セレンディアナのことはこのままボクが引き継ぎますわ」

そう提案する——しかし、当のヴォラクは首を横に振った。

「いや、僕もしばらく霊界に残るよ」

「……それやったら、ウチに来たらどうです？　セレンディアナと一緒なら、たとえまた襲われたとしても心配いりませんし」

居候《いそうろう》の分際《ぶんざい》でまるで自分の家のように言うオロ。

しかしヴォラクは結局首を縦には振らず、

「僕なら大丈夫。うまくやってみせるよ——それじゃ」

そう言い残して歩いて行ってしまった。

その小さな姿が鉄扉の向こうに消えてから、あたしは呆気に取られた声で呟く。

「……なんなの、あの子」

「……うぅむ、何か考えでもあるんでしょうか」

同じくオロも首を捻っている。

「って、さっさと戻んないと……！」

休憩時間は十分。その間に着替えを取ってこなくちゃ。

魔力もある程度は回復できたみたいだ。あたしは慌ててステッキを構えた。

●

ホームルーム終了のチャイムが鳴ると、担任は出席簿片手に教室を去っていった。

「……やっと……終わった……」

同時にあたしは倒れ込む。額が机にぶつかって、ごつんと鈍い音が響いた。

〈変化《メタモルフォーゼ》〉のせいでずっと魔力を消耗してた上に、あのバトルだ——結局、教室に戻れたのは六時間目からで、その最後の授業も極度の疲労で内容なんて頭に入っちゃいない。

あたしは痛感する——こんなんじゃ、まともな高校生活なんて送れるわけがない。

脱力した喉からは意味を成さない呻き声が漏れる。とにかく、さっさと帰って休もう……。

「……ちょっと瑠奈、ホント大丈夫なの？」

横からの呼びかけに、あたしは首を上げる。

「あ、京子……」

心配そうに眉をひそめている京子……と、隣にはもう一人、知らない子が立っていた。

「……えっと……？」

見知らぬ彼女を眺めたまま困惑するあたしに、京子は呆れたとばかりに溜息をつく。

「さっき言ってたじゃない。例の女の子を見た子に、話聞きたいって」

……あ、そう言えば。

いろいろイベントがありすぎて、すっかり忘れてた。

「じゃあ、その子が？」

「そ。じゃあ三橋《みはし》、お願いね」

京子の友達——三橋さんはおずおずといった感じで頷いて、あたしの隣の席の椅子を動かして腰を下ろすと、

「笑わないで欲しいんだけど……」

そう前置きしてから語り始めた。

「二週間くらい前の話だけど……部活の帰り道にね、変な怪物みたいなのに出くわして……それがこっちに向かって来たの。私、怖くなって……腰が抜けて、もう駄目って思ったところに――」

顔を俯《うつむ》かせ気味でぽつぽつと話し始めた彼女だったけど、そこで再びわずかな逡《しゅん》巡《じゅん》を見せ――意を決したように、はっきりと言い切る。

「白い女の子が現れたの」

彼女の二つの瞳が、あたしを真っ直ぐに見つめてくる……それが自分の言葉の正しさを証明する、唯一の方法であるかのように。

――あれ？　白、って――

突然、あたしの記憶の中に何かがチラついた。

白い衣。輝く髪。

なにこれ、あたし、あたし……？

「――ちょっと、瑠奈？」

呼ばれて、あたしは思考を引きずり戻される。

しばし呆然としていたらしいあたしを不安そうに覗き込んでいたのは京子だった。

なんだろ、今の感覚……？

「……ごめんごめん。それで？」

あたしが促すと、三橋さんは続ける。

「なんて言うかね、光ってるみたいに白いドレスを着た女の子で……その子が怪物を一発で倒しちゃって……私を立たせてくれて『大丈夫？』って」

白い、って時点であたしではない。そもそもあたしがセレンディアナを押しつけられる前の話だから当たり前だけど。

「それで『はい』って答えたら、そのままどっか行っちゃったの。ぴょーんって、家の屋根を飛び越えて」

「……んで、それっきり？」

「う、うん……すごいキラキラしてて……キレイな人だなぁって、ぼんやり眺めてる間に行っちゃったから……」

まあ、それに関しては無理もない。今朝同じことをやってきたあたしだからわかるけど、たとえすぐに追跡したとしても、人間の足で追うのは多分無理だ。

とにかく、それで彼女の話はすべてだったらしい。

——あたしのどこかが、確信していた。

決して情報は多くない。証拠があるわけでもない。けど、他でもないあたし自身が彼女の言葉を保証しているような感覚というか、とにかく一度聞いただけでわかった。

魔法少女は、あたし以外にも存在する。

「なるほどねぇ……うん、ありがとう。教えてくれて」

あたしは素直に彼女にお礼を言った。

その後、念のため正確な日時と遭遇場所だけ教えてもらうと、部活があるらしい三橋さんを見送り、あたしたちは揃って下校することにした。


帰り道、京子と並んで歩く。いつもと同じだけど……二人の間の空気は普段と違った。

二人とも押し黙ったまま、ひたすら足を動かしている。

信号待ちで並んで止まったところで、ようやく京子が口を開いた。

「――ねえ瑠奈。あんたほんとになんかあったわけ?」

「……なんかって?」

「そうねぇ……例えば例の『魔法少女』に、何かしら関わっちゃったとか」

……さすがと言うか、いきなり大正解。

「さっきの話も、すっごい真剣に聞いてるしさ。あたしだって正直信じてるわけじゃないのに」

「え……でも京子、あの子は嘘なんかつかないって――」

そもそもあたしだって、京子のお墨付《すみつ》きがあるから話を聞いてみたというのが実際のところだ。

信号が変わり、京子は横断歩道を渡り始める。

「嘘をつかないからって事実を言ってるとは限らないでしょ。夢とごっちゃになったのかもしれないし、幻覚とか……ほら、そういうことも考えられるじゃない」

ちょっと言いにくそうに告げる。

まあ、実際に見たか直接関わってでもいない限り、そんな認識が普通だろう。できることなら、三橋さんの言葉はおそらく真実なんだと、信じてあげてもいいんだと言ってあげたいけど……まあ、京子ならたとえ信じてはあげられなくとも、その辺はちゃんと考えてあげられるはずだ。

言葉を飲み込むあたしに、京子は話題と一緒に空気を切り替えようとするかのように、

「それよりも今はあんたのことよ。様子がヘンなのもだけど……ほんとに大丈夫なの？」

訊きながらおでこをぺたぺた触ってきた。熱でも測ってるつもりなんだろう。

「う、うん……まあ……」

確かに今日、教室ではぐったりしっぱなしだった気はするけど……そんなに心配されるほどやつれて見えるんだろうか。

……正直、京子にならすべて話してしまっても構わなかった。

正体を隠す必要はないと言われてるし、京子はそれを知ったところで誰にも言いふら

したりはしない。それに京子なら、愚痴を聞く相手にもなってくれるだろう。

だけどあたしは、つとめて軽い口調と作り笑顔で、手をぱたぱたと振りつつ言った。

「別になんでもないって。ちょっと最近疲れてるだけ」

「ふぅん……ま、あんたがそう言うなら、これ以上聞かないけど」

なんでもないなんてそれこそ信じちゃいないだろうけど、しかし京子はそれっきり話を打ち切る。

もし何か問題が起きているなら——それが京子に解決できることなら、あたしは素直に相談する。京子はそう信頼してくれている。だからこそ、あたしが話さないことには首を突っ込んでこない。

そのまま無言で並んで歩き、やがて大きな交差点に出た。あたしは直進、京子は右。

「お大事にね。それじゃ」

心配そうな顔で手を振って、京子は歩き出した。呆けたようにその背中を見送る。

どうも自分で思っている以上に、周りに気を遣わせてしまってるらしい。

それに……昼間の先輩とのことを思い出す。今日は何とかごまかせたけど、いつ正体がバレてもおかしくない。

——やっぱりこんな状態、一刻も早く脱け出さなきゃ。

意気込みを新たにすると同時に、信号が青に変わった。

「――というわけで!!」

あたしは自分の部屋で腕を組んで、床にあぐらをかくオロとなぜかちゃっかり部屋に侵入してる兄の注意を引くように声を張り上げた。

「あたしがセレンディアナほっぽり出せるように、いかにオロを足がつかないように葬り去るかが差し当たっての大問題なわけよ」

あたしが議題を提示すると、オロは頰を引きつらせた。

「……ま、まぁボクをどうこうとかはともかくとして……要するに瑠奈さんはセレンディアナを辞めたい、とそういうわけですな？」

「いや、できればあんたも始末しておきたいんだけど」

後々面倒だし。

「……ボクを始末とかはともかくとして、それはちょっと難しい相談ですな。すでにセレンディアナは瑠奈さんを持ち主と認めてしまっとるわけですし」

「そんなの知ったこっちゃないわよ」

その話は、初めて変身した直後にも言われたことだ。しかし、もちろんあたしは納得なんてしていないし、認めてもいない。

それに今日の戦いではっきりとわかった。神だか悪魔だか知らないけど、所詮全部あいつら同士の揉《も》め事《ごと》じゃない。あたしが手を貸す義理なんてない。

それに兄だって、いくらなんでも妹がそんな危険なことに首を突っ込んだままにしてはおかないはず——

「……確かに今、瑠奈がセレンディアナを放り出してしまうのはいろいろ問題があるな」

……あれー？

あたしの期待を込めた視線もなんのその、兄はあっさりと向こう陣営に回った。

「何よ⁉　兄ちゃんはあたしがセレンディアナやめたら困るっての？」

食ってかかるあたし。兄はメガネの奥の鋭い視線でそれを受け止めて言う。

「当然だ。『うちの妹は魔法少女なんだぞー』って自慢できなくなるじゃないか」

「すんな——っ！　つーかなに⁉　もしかしてもうコレのこと触れ回ってんの⁉」

「いや、あいにくまだ証拠写真をプリントアウトできてなくてな……」

できてたらするつもりだったらしい。あたしは無言で右脚を兄のこめかみに叩き込むと、兄の体があたしのベッドに沈んだ。

とにかく、真面目に話をする気はないらしい兄のことは無視を決め込むことにし、あたしはオロのみに視線を向けた。

「そもそも最初に言ったはずでしょ、『今回だけ』って。なんでズルズル続けさせられる羽目になってんのよ」

「ですからそれは……セレンディアナの仕様上、一度幻身した適合者の解除やキャンセルはいろいろと面倒でして……それこそステッキの破壊か、それ以上の代償《だいしょう》を――」

「関係ない！　ステッキ壊すしか方法がないって言うなら、今すぐ壊しなさい！」

もう聞き飽きたオロの言い訳を一蹴する。何を言われようとも、あたしの主張を曲げる気はない。

「あたしは高校生なの！　魔族だの神族だの、そんなのに関わって生活をめちゃくちゃにされるなんてごめんなのよ」

あらゆる異議を却下するかのように手のひらで思い切り机を叩き、言い切った。

束の間、沈黙が降りる。

「……どうしても、受け入れてもらえませんか」

「当然でしょ」

「――仕方ありませんな」

オロが溜息を吐く。あたしの頑《かたく》なな心の内を汲み取ったのか……それ以上あたしに無理強《むりじ》いをすることはなく、

「こうなったら、ステッキが収集した瑠奈さんの身体データをうっかり全世界に公表す

るしか……」

「な」

再び脅迫《きょうはく》で攻めてきた。

「スーツを精製する関係上集める必要があった、身長体重スリーサイズはおろかおっぱいの形状やら各種毛の生え際やらカブレやすい部位やら、いっそ裸を見られた方がまだ恥ずかしくないいってレベルの情報をすべて放出するしか、魔涙石《イビルティアー》と瑠奈さんの同調をリセットする方法はないんです。可哀想ですけどボクもそうするしか――」

悲痛そうな面持ちで首を振るオロ。その芝居がかった仕草《しぐさ》に、沸々と一つの感情が込み上げてくるのがわかる。

「おま。おまおまおおおまええまえ」

「魔族としては、今ここでステッキを失うという選択はあり得ません。となると、最も穏便に瑠奈さんが解放される方法としてはこれがベストな選択でしょう」

「……ふむ、興味深い話だ。どうだねオロ、そのデータまず俺に――」

いつの間に復活したのか、好き勝手なことを言いながらオロに詰め寄る兄。

そしてクソ悪魔はやれやれといった調子で、

「ま、悪魔と関わった人間の末路なんて知れとりますわな。これに懲《こ》りたらこれからはもちっと考えて――」

「お・ま・え・が・言うなぁぁぁぁ――――ッ!!」

言い終えることなく、あたしの踵《かかと》に鼻面を潰されて昏倒《こんとう》した。


「……ったく」

お風呂上り。部屋に戻ったあたしは乱暴にドアを閉める。

結局、あたしが折れた形になった。

バッグから引っ張り出したステッキをベッドの上に放り出す。

昔は憧れの対象だったはずのそれが、今は呪《のろ》いのアイテムにしか見えない。

ベッドに腰掛けると、あたしは露骨に眉をひそめた……相変わらずそこに、オロがあぐらをかいて座っていたからだ。

「……なによ、まだなんか用？」

人間の姿になったオロは、とりあえずリビングのソファで寝てもらうことにさっき決めていた。あたしの部屋に居座る理由はないはずだけど――

「いやはや、さっきは結局、冗談半分の話しかできませんでしたからな」

頭をかきながら言うオロ。

「っつーか冗談だったんかい!?」

「あーいや、もちろん事実ではあるんですが……改めて、お話ししておきたいんですわ」

あたしは無言で座ったまま、腕を組む。それをどう受け止めたのか……オロは居住まいを正してから切り出した。

「瑠奈さんの気持ちは、ボクもよくわかっとるつもりです。ボクらに付き合わされて、ましてやそれが人間に危害を加える連中のためなんですから」

……当然だ。それはあたしが、散々言ってきたこと。

「しかし、それでも……仲間を見捨てることは、ボクにはできません。たとえそれが、瑠奈さんの気持ちを踏みにじる行為であったとしても」

真正面から、堂々と、あたしの意思を汲むつもりはないと宣言するオロ。あたしと同じく一切譲る気はないと、包み隠さずぶつけてくる。

……言いたいことは、わかる。

魔族を見殺しにしてでも自分の平穏を取り戻したいあたし。

あたしを巻き込んででも、仲間を守りたいオロ。

結局、考えてることの本質は一緒だ。だけど同時にそれは、妥協点《だきようてん》の存在しない対極の立場。

あたしだって、おいそれと折れるわけにはいかない。

しかし——

「まあ、魔族を守ることについては、おそらく瑠奈さんと合意に至ることはないとボクもわかっとります。しかし……少なくとも神族に関することに限って言えば、瑠奈さん自身も無関係とも言えません」

　絶対に譲らないと意気込んだ矢先、いきなりあたしの説得を諦めるような口振りになって肩透かしを食らう――ってそれより、あたしにも関係あるってどういうことよ？

　あたしの疑問を読み取ったように、オロが続けた。

「神族による魔族狩りはここ最近急に頻発《ひんぱつ》しだしたんですが……狙われるんが、なぜか霊界に来とる連中ばかりなんです。普通やったら考えにくいことですわ」

「……どういうことかよくわかんないんだけど」

「魔界と神界の間では、霊界に対する不可侵条約のようなもんが結ばれとります。あくまで建前上ですが、余程のことがないと、魔も神も霊界を訪れたり、干渉したりっちゅうことは許されんわけです――」

　とは言え、抜け穴を通る連中はどこの世界にもいるらしい。実際にはこちらへやってきて人間を襲う魔族も相当数いたそうだ。しかしその取り決めのせいで、魔族がこっそり人を襲ったとしても、神族は表立ってそれを咎《とが》めることすらできなかった。

「不可侵が逆に作用した結果、治外法権と化しとったんです。もはや両陣営が実質的に干渉を黙認しあって、『ここまでなら大丈夫だろう』っちゅうチキンレース状態ですわ」

　……つまり、今まで神族は人間を襲う魔族も見逃してきてたってこと。

しかしそれが突然、この世界に来てる連中だけが執拗《しつよう》に狙われ始めた。

「百歩譲って、神が本腰入れて魔族討伐に乗り出したんやとしても……わざわざ霊界を選んで騒ぎを起こしとるんは不自然極まりないんですわ。第一、神族の連中にとっても非効率的でしかないですしね」

確かにそれはそうだろう。出張中の相手を追いかけて襲うなんて回りくどいことしなくても、魔族を狩りたいなら魔界に攻め込めばいいんだし。

「はっきりと証拠があるわけやないんですが……奴らは何か他に狙いがあるように思えてならんのです」

「……狙いって？」

「そこまではボクも……ただ、それが霊界までも巻き込む類のもんであったら、どうです？　ことによっちゃ、瑠奈さんが望んどるようにセレンディアナを放り出すだけでは、瑠奈さん自身も平穏ではいられんようなるかもしれません」

……なるほど、そう来たか……。

神族が霊界で何かを企《たくら》んでいる。ともすれば、それは霊族——つまりあたしたちにまで影響を及ぼすかもしれない。だから、その企みを暴《あば》く手伝いをしろ……と。

「瑠奈さん……どうかお願いできんでしょうか」

さっきまでの、兄と一緒の時のおちゃらけた空気など微塵《みじん》も感じさせない、ただただ真摯《しんし》なオロの懇願《こんがん》に、あたしは——

「もうわかったわよ……どうせ何言っても無駄なんでしょ。ただし、最大限あたしの都合を優先させてもらうからね」

結局、こうなっちゃうわけか。

安堵《あんど》したように苦笑するオロから目を逸らして憮然としてみせる。

確かにオロはあたしを騙したし、はた迷惑なことばかり押しつける。

けど……彼は決して〝悪魔〟じゃない。

「……あーもう、いいからもう寝るわよ！　ほら、さっさと出てってよ！」

三章　ピンチ！　襲来ソルインティ!?

爽《さわ》やかな朝。着心地のいいパジャマで迎える朝。

「んー……」

伸びを一つして布団から這《は》い出《で》る。やっぱり普段の格好だと目覚めも爽快、疲れもしっかり取れた……ような気がする。

部屋のドアを開けると、そこで制服姿でカバンを持った兄と鉢合《はちあ》わせした。

……えっ、うそもうそんな時間⁉

慌てて部屋の掛け時計を振り返る……けど、やはりいつもどおりの起床時間だった。念のため枕元の目覚まし時計を確認しても同じ。

「おはよう、瑠奈《るな》」

平然と兄が挨拶《あいさつ》をしてくる。

「うん、おはよ……どうしたの？　こんな早くに」

「ああ、ちょっと寄るところがあってな――っと」

答える兄の手から何かが落ちた。床で派手な音を立てるのは四角いプラスチックのケース。そこから丸いものが飛び出して、コロコロとあたしの足元まで転がってきた。

「……なにこれ」

聞いてはみたけど一目瞭然《いちもくりょうぜん》、ＣＤだ。拾い上げてみるとラベルは真っ白……おそらく、兄が自分で焼いたものだろう。

「いや、別に何でもない。それじゃお兄ちゃんは用があるから先に行くぞ」

言い終わるより早く、兄はあたしの手からひったくるようにそれを取り戻すと、床に落ちたケースには目もくれずさっさと外へと消えた。

「ちょ――」

呼び止める暇《ひま》もない。

「……なんか、嫌な予感しかしないわ」

とは言え、今さら追いかけても遅い。妙なことにならないのを祈るばかりだ。

ダイニングに行くと、オロはすでに朝食の席についていた。

「おはようございます、瑠奈さん」

「おはよう、オロ」

兄が作って行ったのだろう、テーブルの上には二人分の朝食が用意されている。

器用に箸《はし》を使って目玉焼きをつっつくオロに目を移す。しょうゆ派らしい。

まだ回りきらない頭を牛乳の一気飲みで覚醒させながらテーブルについたところで、

「ああ、ところで瑠奈さん」

と、オロ。視線は半熟の黄身をかき混ぜる作業の方に集中したまま、

「ボクも学校について行きますんで」

続けた言葉に、あたしは露骨に顔をしかめた。

昨日も学校に来てはいたけど……それはあくまでマスコットサイズでの話だ。しかし今オロが言っているのは、おそらく今の形態、人間としてということだろう。

……こんなの連れて学校に？　どう見ても悪目立ちしに行くとしか思えない。

あたしの反応を窺《うかが》ってか、オロは真面目くさった顔で懇願《こんがん》してくる。

「ボクが瑠奈さんのパートナーであると同時に、瑠奈さんはボクの護衛でもありますからな。別行動時に襲われるのを避けるっちゅう意味でも、あまり離れたくないというのが本音なんです」

あたしは目を泳がせながら、何とかその申し出を断る理由を捻出する。

「で、でも、部外者が学校に入るなんて、問題があるんじゃ……」

しかしオロは渋《しぶ》るあたしにはお構いなし、ムカつくくらい自信満々で胸を張る。

「ちゃんとその辺も考えがありますんで。瑠奈さんに迷惑はかからんようにします、安心してください」

泥舟に乗った気分、ってのは、多分こういうことだ。


「――うーん、不安だわ」

普通に制服を着て、道路を徒歩で通学できる幸せを噛《か》み締《し》めながら学校に辿り着き、今は教室。

結局、オロには押し切られる形になってしまった……そもそも拒否したところで勝手に来ただろうことは想像に難《かた》くないんだけど、しかし当のオロは一緒に登校するつもりではないらしく、「後で向かう」とだけ言っていた。

自分の席に座り、京子《きょうこ》と適当な話で盛り上がっていても、やはり気が気ではない。

それともう一つ——

「……どしたの？　瑠奈」

「う、ううん……何でもない」

教室の右前方、空いてる机は確か陽守《ひのかみ》の席だ。そろそろ担任がやってきてホームルームが始まる時間だけど……今日は欠席なのかしら。

まあ、ああいうやかましいのはたまに休んでくれないと脳がやられてしまう気もする。

今日一日、精々平穏に過ごさせてもらうとしよう。

チャイムが鳴り、京子も席に戻ると、教室の喧騒も多少収まる。

あたしは一人机に頬杖を突き……やはりどこか一抹の不安を感じていた。

なんせ、オロだ。

あの狡猾《こうかつ》にして老獪《ろうかい》なクソ悪魔の発案が真っ当で無害なものだとは考えにくい。あいつは息をしてるだけであたしに迷惑をかける機能が備わっているようなもんなのだ。そう、例えばこの場合——

「あー、突然だが今日からこのクラスに転入生だ」

教室に入ってきて開口一番の先生の言葉にクラス中がざわめく中、あたしだけは時が止まったように凍りついた。

……不安が、的中したようだった。

考えがある、とふんぞり返るオロの姿を見たときから、どうせロクなことにはならない予感はしてたのだ。

さらに先生の続けた言葉があたしに追い討ちをかける。

「しかも外国からの留学生だ。日本語もできるようだから、仲良くしてやってくれ」

……あたしはとうとう頭を抱えた。何なのこのベッタベタな展開。

そりゃ、護衛であるあたしに守ってもらうには、一緒の部屋にいるのが一番確実なのはわかる。

そりゃそうだけど、外国って。留学って。転入ときたもんだ。

「じゃあ、入ってきなさい」

あたしは強い決意とともに、右手に消しゴムを握り込む。獲物に飛びかかる寸前の猫科の肉食動物のように、ただその瞬間を待った。

教室の引き戸が開き、入ってきたのは——

「えー、留学生のフューネくんだ」

「誰だお前は――――ッ⁉」

あたしの投げた消しゴムが留学生の頭に命中した。

投擲《とうてき》を終えたポーズのまま、顔を睨《にら》みつける。

どこか緑がかったような、不思議な色の髪と瞳。このクラスそのものに何の興味も持っていないような、あまり感情の感じられない顔。あたしの消しゴムにも眉《まゆ》一つ動かさないその相手は――

……まったくの初対面だった。

「望月《もちづき》、後で職員室に来るように」

あたしの先制攻撃に対して、担任が冷たく一言コメントする。

「はっ⁉ い、いや違うんです先生‼　その……予想を裏切られたのでつい！」

「それじゃ、黒板に名前を書いてくれ」

担任はあたしの弁解は完全に無視する構えで、視線を留学生に戻している。

言われた留学生は黒板に向かった。カツカツと乾いた音が教室に響く。

Fune Remains。緑の髪をわずかに揺らしながら黒板にチョークを走らせ、それが終わると機械的にも思える動きでこちらに向き直った。

「フューネ・リマインズです。よろしく」

パチパチとまばらな拍手が彼を迎える。それなりに美形ではあるからだろうか、主《おも》に女子の間でひそひそと審議するように声が交わされる。

それらが一通り収まったころを見計らうと、再び担任が口を開いた。

「それじゃ机を持ってくるので、フューネ君はしばらくこの教室で待っていてくれ。ついてこい望月」

「いや先生っ!! 話を聞いてくだ――」

結局、あたしに釈明の機会は与えられなかった。

●

「……あー、ひどい目にあった」

朝に机の運搬《うんぱん》を手伝わされた挙句《あげく》、昼休みに呼び出されて説教。休み時間も残り半分を切ったあたりでようやく放免《ほうめん》されたあたしは、一人廊下を歩いていた。

担任の小言にうなだれている間中ずっと唸っていた腹の虫が、ひときわ盛大に鳴いた。

――急げば何か食べられるわよね。

あたしは食堂の方向に足を向けた。どうせ京子は待ってくれてなどいないだろうから、さっさと行って食べてしまおう。

って、そう言えばオロはどうしてるんだろう。学校に来るなんて言ってたけど、結局午前中は姿を現してない。

……まぁ、来ないならそれでいいか。

下手に教室に乗り込んで来られるよりは、家でダラダラしててもらった方があたしの精神衛生上はよろしい。あいつが言うように、あたしと離れてる隙《すき》に神族に襲われたとしても……その時はその時だ。諦めも時には肝心よね。

昼休みの人混みの中を食堂へ向かっていると、いきなり後ろから呼び止められた。

「瑠奈ちゃん？」

その声につんのめるように足を止めて振り返ると――

「せ、先輩っ⁉」

驚きに声が裏返ってしまう。

職員室から出てきたところだろうか。先輩は中に向かって一礼してからドアを閉める。あたふたと身なりを正したりするあたしに駆け寄ってきた先輩は、妙に真剣な面持ちだった。

「ちょうどよかった。ちょっと話があるんだけど、いいかな？」

「は、はいっ！　ぜひどうぞっ」

二つ返事で頷いたあたしは先輩の後ろをぎくしゃくとついて歩く。先輩はそのまま校舎を出て、中庭に足を向けた。

陽の当たるベンチに並んで腰かける。あたしはおそるおそる尋ねた。

「あ、あの……それで、話って……？」

緊張のあまり顔を上げることができない。

先輩はすぐには話を切り出してこない。迷いを振り切るように、大きく息を吸う気配。

これは。このシチュエーションは。

「――正直に、答えてほしい」

あたしの動悸《どうき》が期待に跳ねる。

そして先輩はあたしの目を見て、はっきりとした声で――

「さっき職員室で聞いたんだけど……瑠奈ちゃんが昨日、授業の遅刻や早退を繰り返してたって本当？」

……ええ、そんなこったろうと思ってたわよ。

あたしの都合のいい妄想はあっけなく砕け散った。

「いや……あれは、えっと……」

魔法で服を作るのが難しく、着替えに時間がかかってしまいました。また、屋上にやってきた神様をくびり殺せと馬がうるさいので、授業を抜け出しました。

保健室ならいい。頭の病院に連れて行かれたらどうしよう。

正直なんて冗談じゃなかった。けど、昨日の有様《ありさま》をうまく説明できる言い訳なんてものもあるわけがない。

「屋上でのこともあるし……漣治《れんじ》に聞いてみても、はぐらかされてしまったし」

先輩の沈痛な面持ちがあたしにも痛い。

とりあえず兄は言い触らしたりはしてないようだけど……フォローもしてくれてないようだ。

先輩は何か固い決意を秘めたような眼差しで、まっすぐにあたしのことを見つめてくる。

「もし何か気になってることがあるなら、僕でよければ相談に乗るよ。だから……」

ダメだ。完全に素行不良の問題児扱いされてしまっている。しかもおそらく、背後には何らかの重い事情があるものだと思われてる。

さらに悪いことには、まだ先輩には伝わってないみたいだけど、今日も今日とてあたしは罪を重ねてしまっていた。このままだとあたしは確実に〝接し方の難しい親友の妹さん〟になってしまう。

……うん、どうしよ。

先輩は頭がいい。取ってつけたような半端な嘘じゃ、すぐにボロが出るに決まってる。

――仕方ない、か――

「あの、先輩……誰にも言わないって、約束してくれますか……？」

あたしはスカートの裾をきつく握り締め、ぽつりと呟くように尋ねる。

「相談……したいことがあるんです……でも……」

当然顔は俯かせたまま。先輩の方を見たりはしない。

「わかった。約束する。だから……聞かせてくれないかな」

先輩の真摯な態度がまた痛い。だけど今は耐えるしかなかった。

「きょ、今日はまだ……だ、だから、もしよければ今週の日曜――」

そう、これがあたしの策。適当に時間を引き延ばしつつ、先輩と二人きりになる口実を作る。一石二鳥のこの作戦で、ひとまずこの場は切り抜ける――!!

しかし。

「瑠奈さぁぁぁぁん!」

あたしの言葉を遮《さえぎ》るように、知った声が中庭に響いて抜けた。

けど、今の声ってあり得ない方向からだったような――

あたしは目を開け、発生源……上空を見上げた。その視線の動きと行き違うように、何かがものすごいスピードで通り過ぎた。上から下に。

重い音。足の裏を伝って、着地の衝撃までもが感じられた。

その落下物に目線の高さを合わせる――言うまでもなく、オロだった。

あたしは舌打ちを一つ吐き捨てる。

「瑠奈さん、大変です！　すぐに――」

みなまで言う猶予《ゆうよ》は与えなかった。

詰め寄ってきたオロの下っ腹に、あたしの革靴の踵《かかと》がめり込む。前かがみになり無防備にさらけ出された後頭部に、振り上げていたその踵を打ち下ろした。

そしてそのまま、地面に這いつくばったオロの体を踏みつける。

何度も、何度も、何度も……。

動かなくなったオロの体が捨てられた毛布みたいになったところで、あたしは軽く息を整えて先輩を振り向いた。

努めて冷静に、声のトーンを抑えて……しかしはっきりと告げる。

「――ごめんなさい、先輩。お話は、また今度」

「ひっ……う、うん……」

すっかり怯《おび》えきった様子だ……無理もないわよね、いきなり上空から人が落ちてきたんだから。

その時ちょうど、昼休み終了のチャイムが鳴り響く。先輩はそそくさと校舎へ戻っていった。

その背中を見送り、あたしはジト目でオロを見下ろす。

「……で？　あたしに何か用？」

相変わらずピクピクと痙攣《けいれん》しながら、オロは若干《じゃっかん》かすれた声で返事をしてくる。

「…………はい。ですが、何でボクはこんな目に遭わされたんですかね」

「当然の報いよ」

そう吐き捨てて鼻を鳴らす。オロはようやく回復したのか体を起こし、まだ少し釈然としない色の滲《にじ》む声で言う。

「とにかく……屋上に来てください」

「屋上？　一体なんの用よ」

人気《ひとけ》のない屋上に行く用事なんてのは、決まって人目を避ける時……つまりは、こいつら絡みの話だ。しかしオロの口から出たのは――

「フューネとかいう奴が呼んどるんです。ボクと瑠奈さんに話がある、と……」

「……へ？」

ああ、あいつやっぱ話に絡んでくるんだ……。

●

最近やたらと足を運ぶ機会の多い学校の屋上には、珍しく先客の姿があった。
薄緑色の髪――間違いない。

「――来たか」

目だけでこちらを向き、緑の転校生――フューネが言った。

あたしは返事代わりに質問をぶつけてやる。

「……あんた、何者？　オロに声かけたってことは、こいつが何なのか知ってるの？」

お世辞にも友好的とは言えないあたしの口振りを気にした風もなく、転校生はただ淡々と答える。

「ああ、当然だ」

「……しかしボクの方はアンタみたいな奴に覚えはありませんが」

オロの声にも、不信感がありありと見て取れる。

「そう邪険《じゃけん》にするな。俺は魔族だ……お前と同じ、な」

言って転校生が目を閉じる。途端、彼の纏《まと》う何かが変わった気がした。幻身《げんしん》していない今のあたしの感覚で表すなら……雰囲気が変わった、という感じ。おそらく彼が魔力を意図的に放出しているんだろう。

魔力は魔族だけが持つ力……何よりも明確な存在の証明だ。それでオロはひとまず納得したらしい。

「そんで、何の用なんです。ボクだけでなく瑠奈さんも呼びつけたんは、何か理由でもあるんですか」

「ああ、渡したいものがある……俺はそれを頼まれてここへ来た」

「渡す……？」

オロの訝《いぶか》る声には答えず、フューネは手を軽くかざすように突き出した。

いきなり足元のコンクリートが発光しはじめる。不意を突かれて思わず下がるあたし。

それでも及び腰で光る地面を観察してみると、どうも光の筋が複雑に組み合わさって、何か図形を描いているように見えた。

「魔界からこちらに通じる転送円ですな。しかし一体何を——」

オロの言葉を待つまでもなく、魔法陣の中央……胸くらいの高さの空間がひしゃげるように歪み、一瞬の後にはそこに今までなかったはずのモノが浮かんでいた。

「なにこれ……？」

宝石——にも見える。ただし多面体の形状をしたそれは、光を透過しているのか反射しているのかもよくわからない。ただ不気味に煌《きらめ》く拳大の塊《かたまり》……そんな印象の物体だ。

あたしは吸い寄せられるように、それに歩み寄る。

手を伸ばせば触れられるくらいの距離まで近付くと、不意にあたしは腰の辺りに違和感を覚えた。見れば、あたしの制服が引っ張られるように不自然に動いている。今この屋上に風はない……と言うかこれって——

「……携帯？」

そこはスカートのポケット……その中にしまっておいた携帯が、まるで磁石のように円の中心、現れた石に吸い寄せられていた。

ポケットに手を突っ込む。暴れる携帯を掴《つか》むと、そこから引っこ抜いた。

すると携帯はあたしの手を強引に振り切り、鎖を外された犬みたいに一直線に飛んでいく。向かう先は、さっき出現した謎の石。

空中に浮かぶ石と飛翔する携帯。二つが衝突した瞬間、いきなり強い光があふれ出した。思わず目を庇《かば》うあたし。

目も眩むような余韻《よいん》を残し、徐々に光は収まる。そこには――

「これは……？」

あたしは手を伸ばす。するとそれは突然、糸が切れたように宙に浮かぶのをやめ、すとんとあたしの手のひらに落ちてきた。

って――

「……だーあたしの携帯――っ!!」

見る影もなかった。

外観はよくある携帯に見える……だけど元々は白かったはずのそれは固まった血みたいな気味の悪い赤色に染まっていて、デザインも全くの別物になってしまっている。

あまりといえばあまりのモデルチェンジ。少なからず愛着のあった持ち物の変わり果

て た姿にショックを隠しきれないでいるあたしには構わず、フューネが感情の薄い声で説明を並べる。

「セレンディアナのステッキとともに封印されていたものだが、用途もそれが何なのかも一切《いっさい》わからなかったらしい。念のためお前たちに見せてみることにしたらしいが——どうやら正解だったらしいな」

随分《ずいぶん》無責任な話だけど……確かに、正しい判断だったと言わざるを得ない。

オロはあたしの手の中のそれを覗《のぞ》き込《こ》みながら聞いてくる。

「瑠奈さん、それは何なんです？　使い方は……？」

「うん……わかる」

残念なことに、わかってしまう。

「おお、そんじゃ早速試してみちゃどうですか」

などと軽く言ってくるオロ。

……これは、セレンディアナの変身を補助するツールだ。使い方……つまり変身の仕方は、いつの間にか頭の中に刷り込まれてるんだけど——

……ホントにやんの、これ……？

しかしオロはもちろん、フューネまであたしをじっと見つめたまま微動だにしない。

「あーもうわかったわよ……」

ぶつくさ言いながらあたしは左手で幻身ステッキを取り出し、右手で携帯を開く。液晶画面の表示自体は見慣れたものだ。

『６６６』とキーを押してフリップを閉じると、携帯に溢《あふ》れんばかりの禍々《まがまが》しい魔力が駆け巡るのが手に伝わってきた。あたしはそれを握る右手を高く掲げ、吼《ほ》えるようにいつもの呪文を唱える。

「ゴッド・トワイライト・エグゼキュート――幻身、セレンディアナ」

いつの間にやら腰に巻きついていた黒い革製のベルト……その前方、お腹の辺りの留め金らしき部品に携帯をセットする。ぴったりと嵌《は》まったそれから、全身へ伝播するように力が溢れ出していく。

あたしの身体が浮き上がる。魔力があたしの服を融かし、作り変えていくのを肌で感じながら、あたしはその優雅な魔力の流れに身を任せていた。

幻身を終えたあたしはゆっくりと目を開いていき――

『おおっ！　これが新たなセレンディアナの――』

感嘆も露《あらわ》だったオロの声が、しかしだんだんと素に戻っていく。

『――あんま変わってませんな』

……あたしも、そう思っていた。

確かに腰にはさっきの黒革ベルトと、携帯のセットされた大仰《おおぎょう》なバックルが巻かれているものの……それだけだった。魔力も目に見えて強化された感じはしないし。

ちなみに普段は人間形態に変化《へんげ》できるようになったオロだけど、あたしの幻身中は結局ちっちゃい馬の姿になっちゃうらしい。今もこうして、あたしの周囲を飛び回りながら衣装の違いを確認して——

って言うか、それよりも。

「大体っ！　今のどう見たって平成版のマスクドな連中の変身ポーズじゃないのよ⁉　つーかもはやステッキ使ってないじゃない！　完全に持ってただけよね今の⁉」

しかしオロはあたしの抗議を一切無視し、フューネとシリアス展開っぽい会話を繰り広げる。

『……確かアンタは、このDX《デラックス》ディアナフォンを届けるために霊界《こっち》へ来たと言っとりましたな？』

「DX《デラックス》とかつけんな——っ‼　あたしの携帯返せぇ——っ‼」

一人蚊帳《かや》の外で叫ぶあたしの声が屋上に虚《むな》しく響いた。

●

放課後。

「あー、もーやだ……」

授業も終わり、そのまま帰宅——というわけにはいかなかった。ホームルームを終えた担任に引っ摑まれて連れて行かれた先で、改めてあたしは昨日の連続エスケープのことも含めてこってり絞られる羽目になった。

たっぷり二時間の尋問を支離滅裂《しりめつれつ》な言い訳でかわし続けていると、ようやく担任は匙《さじ》を投げるようにあたしを解放してくれた。

そして、辺りがすっかりオレンジ色に染まった帰り道。曲がり角を曲がったところで、あたしはそいつを見つけた。

あたしがここを通るのを知っていたんだろう、彼……ヴォラクは、その子供のような体でガードレールに寄《よ》りかかって、あたしを待っていた。

しかしその顔に浮かんでいるのは、昨日の無邪気な笑顔ではなく、挑発的で歪んだ笑み。

「あんたは……！」

「待ってたよ、セレンディアナ」

「ヴォラク——だっけ？　なんか用？」

油断なくじりじりと距離を取りながらあたしは尋ねる。しかし少年の方は聞いているのかいないのか、貼りつけたような笑顔をあたしに向ける。

「どうやら『彼』も、本気で動き始めたらしい。君の前にも、新たな敵が現れると思う。ただ――」

まったく訳のわからないことをまくし立てたかと思うと言葉を区切り、

「忠告しておくよ。まだ戦わない方がいい」

笑みを消して、まるであたしを咎《とが》めるように睨みつけてくる。

対するあたしはやれやれとばかりに鼻を鳴らしてやると、

「……その敵ってのが何なのかは知らないけどさ。そういう話はオロを通してくれる？　あたしはあいつに無理矢理戦わされてるだけなんだから」

不敵には不敵で返す。訳がわからないなら、せめてハッタリくらいはかましてやる。

しかし、結局ヴォラクの方は徹頭徹尾会話をする気がないらしい。

「僕も急ごう。だからそれまで、軽率な行動は慎むことだね」

それだけ言うと、ヴォラクの姿はあたしの目の前からかき消えた。

それっきり。一人残されたあたしは、置いてけぼりを食らったような苛立《いらだ》ちを覚える。

「……何だってのよ、一体」

家に帰り着くと、既にオロはリビングのソファに寝っ転がってダラダラしていた。

「おかえりなさい、瑠奈さん」

キッチンから勝手に持ってきたと思しきポテチをつまむオロ。その姿はどう見ても駄目な人だった。

「……そう言えば、結局あんた一日どこにいたのよ」

オロの持つポテチの袋に手を突っ込みながらあたしが聞く。

「どこって……ずっと屋上におりましたよ。あそこなら人もあまり来ませんし」

当然とばかりに答えるオロ。なるほど、だからあの時も屋上から飛び降りてきたのか。いつ教室に潜り込んでくるかと気を揉《も》んでたのは、どうやらあたしの杞憂《きゆう》だったらしい。しかしそれよりも、オロが人目とかを多少なりとも考慮していたということが、何か妙に悔しかった。

「まったく……おかげで散々な目にあったわ。この状況で転校生なんて言うから、てっきりあんたかと思ったじゃない」

「……転校生ですか？」

「そーよ。あのフューネってやつ」

「ああ、あいつですか……あいつが瑠奈さんのクラスに？」

「ええ、言わなかったっけ」

そう言えば、ヘンな正体不明のアイテムを渡されたりとかで言いそびれてた気がする。にしても、オロがさっきからやけに面白くなさそうな顔をしてるのが気にかかる。

「……どしたのよ、まるで考えごとでもしてるみたいな顔して」

「いや……まぁ、何でもありませんわ」

怪訝《けげん》に思って聞いてみても、何だかはっきりしない。

と、そうだ……もう一つ。

「そうそう、さっきあの子に会ったんだけど」

「……あの子？　誰ですか」

オロはようやく考え込むのをやめて、聞き返してくる。

「昨日会ったヴォラクってやつ。なんか訳のわかんないこと言って――」

「ほう、何ちゅーとりましたん」

「えーと……なんだっけ、新しい敵がどうとか、でもまだ戦うなとか……」

「……なんですか、それは」

「あたしに聞かれたって知らないわよ。あんたの方こそ仲間ならなんか知ってんじゃないの？」

「いや……そもそもヴォラクが今どこで何しとるのかもわかりませんからな」

無責任もいいとこだ。

「ったく、ホントあんたらは訳のわかんないことばっか押しつけてくるんだから」

元あたしの携帯を取り出して溜息をつく。

そう。コレに関しても結局、詳しいことはわからないままだった。

幻身するとベルトにくっつくようになっているらしいことは確かだ。しかしそれが何の役に立つのかがわからない。

さっきあれこれいじってみたところ、可動部を回転させることで、細い溝のようなものを露出させることができた。

セオリー通りなら……男の子向けの特撮番組の方のお約束に従えば、ここに何かを突っ込めば変身なりパワーアップなりできそうなもんだけど、残念ながらその〝何か〟に該当《がいとう》しそうなものに心当たりはなかった。

「フューネも渡すだけ渡して、よく知らんの一点張りだし。最終兵器だとか言うならもーちょっと研究してから使ってよね。あたしに何か害でもあったらどうして——」

と、あたしがそこまで言ったところで。

オロが突然、片方の耳を押さえる。固唾《かたず》を呑むといった感じでしばらく微動だにしなかったオロは、やがて右手を無造作に振った。

すると彼の目の前に妙なものが現れる。淡く光る、四角い板……いや、あれは——一昔前のSFなんかにありがちな、宙に浮かぶ画面だった。それが続けざまに二つ三つとマルチウインドウばりに開き、文字だか何だかが表示されては消えていく。

「何やと……まったくそんな気配は感じじんかったのに……」

それとにらめっこしながら、一人ぶつぶつ言って歯噛みするオロ。

この様子だと、また神族でも現れたんだろうか。

オロはしばらくそうしてから目を上げ、あたしの予想通りの台詞を——

「瑠奈さん、緊急通信が入りました。この付近で、また魔族がやられたそうですわ」

いや、予想と若干違う台詞を投げてきた。

「……あんた、そんな便利な機能あったっけ」

あたしの疑惑の視線を避けるように、オロは今度はがばっと顔をあらぬ方向へ向ける。

「ボクの方でも今、感知しました。神族……いや、これは……」

「……なに？」

言いかけて、再び言い淀むオロ。釈然としない感じで首を傾げるばかり。

……何なのよ、一体。

「……おかしな反応です。神の匂いも確かにあるんですが、それに加えてどこか妙なものも混ざって感じられて——」

「妙なもの……？」

「——ええ、これはむしろ……」

言いかけて、今度はあたしの方をじっと見つめてきた。無言でしばらくジロジロとこっちを見ていたかと思うと、埒《らち》が明かないといった感じでオロが立ち上がった。

「とにかく、行ってみんことには始まりません。瑠奈さん、お願いします！」

何だか腑《ふ》に落ちないけど、行かなきゃわからないというのも確かなようだ。仕方なくあたしは立ち上がる。

それに……これはチャンスかもしれない。

●

そこに辿《たど》り着《つ》いたころには、すっかり辺りは暗くなっていた。

繁華街のとあるビルの屋上。オロのナビに従ってやってきたのが、この場所だった。

しかし、そこには神族はおろか、動くものさえ見当たらない。

「……何もいないじゃない」

『気ィ抜かんでください。ボクにも一切の気配を感じさせせんままに魔族を殺してのける相手です、油断しとると――』

オロが言い終わるより早く、

「……ようやくいらっしゃいましたか」

あたしの背後から、不意に言葉が投げかけられた。

「――!?」

振り向くと、その方向は雑然と機械や配管が設置されている一角。声はそこから聞こえてくる。

目を凝《こ》らすと――いた。据えつけられた室外機だか何だかわからない機械の陰。魔力で強化されたあたしの目には、闇の中で何かが蠢《うごめ》いているのがわかった。しかしそれでも相手のシルエットくらいしかわからない……けど、声からすると女性。

「……誰？　あんた」

油断なく睨みつけていると、相手の方からこっちに歩み出てくる。

「ふふっ。あなたからすれば、お初にお目にかかるかもしれませんね……私はソルインティ。以後お見知りおきを」

そして、月明かりの中にその姿が顕《あらわ》れる。

目の前に立つのは少女。あたしと同年代くらいの女の子だ。

だけどその姿は、明らかにただの女の子じゃなかった。白を基調として、随所に装飾をちりばめた服装は、あまり一般的とは言えないデザイン。

そう、その衣装は、まるであたしと対になるような――

どう見ても、魔法少女のそれだった。

ようやくあたしにも、あの時のオロの微妙な反応、その理由がわかっていた。

彼女は神族じゃない。彼女はむしろ……そう、あたしだ。

しかし同時に痛いほどに感じてもいた。彼女が纏うのは、今までの相手の比ではないほどの神力。あたしの中の魔力が、体中の産毛《うぶげ》を逆立てるような戦慄《せんりつ》として警鐘を鳴らし続けている――彼女は敵だ、と。

「……あんた、魔法少女？」

乾ききった喉から、何とかそれだけが絞り出せた。

それに対して、彼女はありありと余裕の見て取れる口調で答えてくる。

「はい。私は救聖皓輝《スペクトルメシア》ソルインティ。あなた――セレンディアナと同じにして異なるものです」

彼女は肯定する。どうやら、こちらのことも知っているらしい。

あたしはさらに質問を重ねた。

「……最近噂《うわさ》になってる魔法少女ってのも、あんたのことね？」

彼女の純白の姿は、京子の友達に聞いた話と完全に合致する。するとやはり目の前の彼女――ソルインティと名乗った魔法少女は頷《うなず》いた。

「ええ、多分私だと思います。他に私の知らない人が『魔法少女』をやっているのでなければ――例えば今の望月さんのように」

彼女が付け足した一言。それを聞いた瞬間、あたしの身体がはっきりと強張《こわば》る。

「あんた……なんであたしの名前……？」

驚愕するあたしに、初めて見るその顔が、やけに見慣れた笑みの形に歪んだように見えた。

「やはりわかりませんでしたか？　望月さんのそれと違って、ソルインティは容姿まで変わってしまいますから」

悪戯《いたずら》が成功した子供のようにくすくすと笑う魔法少女。明らかにあたしの困惑を楽しんでいる。

彼女の正体……頭のどこか片隅で、強烈な既視感《きしかん》が疼《うず》く。それでもなぜか答えが出てこない。まるで、あたし自身が知ることを拒否してるみたいに。

やがてあたしをからかうのに飽きたのか、

「いいでしょう。いま顕身《けんしん》を解きます」

彼女はそう言うと、胸の前で祈りを捧げるように両手を組む。柔らかな光がその身体を包み込んだかと思うと、数瞬後――そこには見慣れた少女の姿が現れた。

――うそ、でしょ？

「何で……あんたが……」

あたしはまだうまく回らない頭で何とかそれだけ絞り出した。

そこに立っているのは、間違いなく陽守だった。

あたしの問いかけに、陽守は冷笑する。

「その言葉、そっくりお返しします。どうりで昨日、学校であなたから魔力《まりょく》の匂いがしたわけです……まさかこういうことだったなんて」

……そっか。思い返してみれば、確かに昨日、教室にやってきた陽守はどことなく様子がおかしかった気がする。あの時あたしは〈変化《メタモルフォーゼ》〉の術で魔力の幻影を纏《まと》っていた。それを嗅《か》ぎつけたからこそのあの反応だったたってわけか。

ということはつまり、陽守は少なくともそれより以前から、魔力だとかそういう世界に足を突っ込んでたということで……。

――そうか。そういうことか。

「……あんたひょっとして、昨日の戦いも見てた？」

不意に頭に浮かんだ疑問をぶつける。陽守はこともなげに頷いた。

「はい。纏っていらした魔力のおかげで、屋上の方へ向かわれるのがわかりましたから」

やっぱりそうか。昨日の屋上での戦いの後感じた気配――あれは陽守だった。きっと魔法かなんかで隠れてたんだろう。

「一昨日、私の放った神獣が倒されたときから感じていた不吉な予感……その理由が、その時ようやくわかりました。そして、その相手を私が倒さなければならないことも」

そのまま陽守は、まっすぐにあたしを見据えて非難がましく訊いてくる。

「――しかし、なぜあなたは悪魔の手先などを？」

その棘《とげ》のある言い方に、あたしは少なからずムッとして言葉を返した。

「悪魔の手先って……失礼ね、オロはこれでも――」

肩の上の彼に目をやる。黒いし、馬だし、羽だって生えてるし――

「……これでも、悪魔なのよ⁉」

「……？　ええ、ですからそう言ってるんですけど」

フォローのしようがなかった。

気まずい空気の中、目を泳がせているあたしに嘆息《たんそく》する陽守。

「わかりました。可哀想な望月さん、今私が魔の手から救い出してあげます」

あたしに向けて真っ直ぐにステッキを突きつけ、宣言してくる。

そしてその口から紡《つむ》がれたのは――

「シエル・クルーズ・ヘリオス――」

あたしのものとは違う呪文。だけど秘められた力はあたしと同じか……それ以上。

そして陽守は、朗々とその名を唱え、訣《けつ》を結ぶ。

「顕身！　ソルインティ！」

強い光が襲ってきた。

直視できないくらいの眩しさが陽守のステッキから溢れ出す。やがてそれに触発されるように、身体そのものも光に包まれた。

陽守の服が光に溶け、新たに光から衣が生まれる。光をそのまま織ったかのような純白のドレスが、そこだけ夜が明けたみたいに辺りを照らす。波打つ水影のようなフリルと木漏れ日《こもび》を思わせるレースが四肢を包み、金色へと鮮やかに色を変えた髪は大河の煌《きらめ》きのように緩やかに流れる。

紡がれるすべてが陽守に神々《こうごう》しさを纏わせ、一つの奇跡として全く別の神格を顕していく。

それは……まさに聖女だった。

神の白と、太陽の光を顕現する者。

救聖皓輝《スペクトルメシア》ソルインティ。

その姿は――

「ねえオロ」

声が擦れるのを抑えられない。

「あたしあっちがいい」

その姿はまさに、あたしの理想像だった。

「あーゆーの方がよかった――っ!!　今からでも遅くないわ、あんた売ってあっちに寝返っていいっ!?」

『いいわけあるか――っ!!』

耳元でオロが怒鳴り返してきた。

そんなかけ合いをどう取ったのか、ソルインティとなった陽守は笑みを漏らす。

「ふふん、早くも降伏のご相談ですか？　でも駄目ですよ、聞く耳は持ちませんから」

掻きあげられた髪がきらきらと輝きながら流れる。

彼女の姿は、三橋《みはし》さん——京子の友達が言ってた通り、思わず見惚れてしまわずにはいられない、凄烈《せいれつ》なまでの美しさを備えていた。

……言ってた？　本当にそれだけ？

さっきから、ソルインティの姿を最初に見た時からずっと、何か違和感がつきまとって消えない。

「それにしても皮肉な話ですね。魔法少女を否定していたあなたが、今では魔法少女として——それも、敵キャラ然とした存在として私と相まみえることになるなんて」

「否定……？」

そもそもあたし、陽守とそういう話をしたことあったっけ……？

「——ああ、失礼しました。そう言えばあなたは覚えていらっしゃらないんですよね」

覚えてない——そう言われた瞬間、またもあたしの頭の中を何かの光景がよぎる。

まただ。あたし、やっぱり前に——

思い出せそうなのに、出てこない……それだけで、頭が割れそうに痛くなる。目の奥がズキズキと脈打つ。

そんなあたしを哀れむかのように、歩み寄ってきた陽守があたしの眼前に手をかざしてくる。

「もう隠す必要もないですね。わかりました、今思い出させて差し上げます」

陽守が——ソルインティが唱える。

「〈記憶復活《サルベージ》〉」

声と同時に、あたしは軽い眩暈《めまい》とともに、懐かしさのような不思議な感覚に包まれる。

——そうだ。あたしが陽守と初めて出会ったのは——

●

入学式から二日。本格的に授業が始まるのは明日かららしく、今日は午前中で帰れる最後の日。

ホームルームも終わり、そろそろ迷わず動けるようになりつつある校舎内を、玄関へ向けてぶらぶらと歩いていた時だった。

小走りであたしの脇を駆け抜けて行った小柄《こぼ》な子……ブレザーにスカート、ここの制服を着た女の子の抱えるカバンから、何かが零れ落ちた。

「——ねぇちょっとっ！　これ落としたおぅぁッ⁉」

気付かず走り去る背中に声をかけた次の瞬間には、あたしは〝落とし物〟を握る腕をガッチリと固められた挙句襟元《えりもと》を掴《つか》み上《あ》げられていた。

「な……なにすんのよいきなり⁉」

変な風に腕の関節を極《き》められたあたしが非難の声を上げると、辺りを歩いていた生徒が何事かとこちらを振り返る。

すると落とし主——背の低い少女は、ますます手の力を強めながら、火を噴《ふ》くような勢いでまくし立ててくる。

「こちらのセリフですっ‼　……とにかく、少々よろしいですか……ッ⁉」

疑問形ではあるけど、有無《うむ》を言わせてくれる様子は微塵《みじん》も感じられない。彼女に引きずられるままについて行くしかなかった。

結局校舎の外、人気《ひとけ》のない日陰まで連行される。その子はようやくあたしの腕を解放すると、咳払いをひとつ。

「ま……まぁ、拾っていただいたことには感謝します」

無愛想に礼を言うだけ言うと、彼女はあたしから〝落とし物〟を受け取り、顔を俯かせたままカバンにしまい込む。

彼女のその様子は何と言うか、階段で転んだ人が努めて平静を装いながらその場を立ち去ろうとするような——

　さっきの仕打ちゆえだろうか。あたしはほんの少しだけ意地悪をしてみたい気持ちに駆られる。一刻も早く立ち去りたいオーラを漂わせるその子に、あえて質問をぶつけた。

「それ……ステッキだよね？　魔法少女の」

「…………はい」

　明らかに聞かれたくないという雰囲気。彼女は憮然《ぶぜん》とした表情で短く答えた。

　そう。その子が落として、あたしが拾ったモノ——それは宝石やら何やらがゴテゴテくっついたステッキだった。

「あなた、そういうの好きなの？　……って言うか、それ何の作品？　最初は『フィギュ菊』のかと思ったけど、よく見ると全然デザイン違うし……」

『フィギュアコレクターお菊』——往年の名作魔法少女アニメの略称を口にした瞬間、彼女の表情が変わった。

「……ひょっとして、あなたも？」

　期待に溢れた瞳で見上げられる。予想外に食いついてきた彼女に、逆にあたしは押されてしまう。

「え……まあ、昔はね」

「昔、ですか……？」

「今はさすがにね。いい歳してそういうのはさすがに恥ずかしいし。大体、学校にまで持ってくるってのはちょっと……」

あたしもう——同じ学校にいて、同じ制服を着てる以上は彼女も当然——高校生だ。そーいうのは卒業してて然《しか》るべき年齢だし、たとえ好きだとしても学校にまでグッズを持ってくるなんてのはいくらなんでもイタすぎる。

こちらの言わんとすることを汲み取ったのか、彼女は途端に慌てて何か反論しようとしてくる。

「いいえ、違うんです！　これは——」

「ま、あたしも身内にそっち方面が大好きな大きいお友達がいるし、完全否定はしにくいんだけどさ。もうちょっと節度ってもんを考えないと」

それには取り合わず、諭《さと》すように語ってやる。彼女は言葉を失って、何か言おうと躍起になって口を開閉させている。すでに顔は耳まで真っ赤だ。

その様子があまりに可愛かったのと、さっきの仕返しに成功したことで溜飲《りゅういん》も下がったあたしは、そろそろからかったのを謝るかとその子の肩に手を——

「——わかりました」

震える声。

え？　わかったって、何が——

訊く暇《ひま》もなかった。

ちょっと涙ぐんだ目をきっと上げ、彼女は唱えるように、それを口にする。

「シエル・クルーズ・ヘリオス——顕身！　ソルインティ！」

——呪文。

そう思い当たった瞬間には、もうあたしの視界は光に埋め尽くされていた。

「——な、な」

たっぷり一分ほど。あたしは彼女が変貌を遂げていく様を食い入るように眺めていた。

次第に紡がれていくのは、白い衣装と金の髪を風に靡《なび》かせる、一人の少女の姿。

やがて吹き荒れていた光が収まる。

ふわりと地面に降り立つと、顔立ちさえ変わってしまったその少女はあたしに指を突きつけて宣言してきた。

「——見ての通り、あれは本物の魔法少女のステッキです」

神々しさすら感じるその姿。なるほど、疑う余地はなかった……でも。

「……でも、やっぱり……」

「え？」

「ホンモノだってのは信じざるを得ないけど……やっぱり高校生にもなって魔法少女ってのは、ちょっと恥ずかしくない？」

あたしの素直な感想に、

「…………」

開いた口が塞《ふさ》がらない、といった様子の魔法少女。

確かに、似合ってる。彼女の小柄で華奢《きゃしゃ》な身体は小学生と言っても通りそうなほどで、そういう意味で今の衣装も似合ってはいる。

だけど……ねえ？

「あたしだったら、もし先輩にそんなの知られたらと思うと――」

「……先輩ですか？」

きょとんとした声で、聞き返してくる。

「う、うん。機織《はたおり》先輩……生徒会長の」

目を泳がせて両手の指をもじもじと動かしながらぼそぼそと告げる。対する彼女はそれを聞いた瞬間、雷に打たれたように血相を変えて詰め寄ってくる。

「……まさか、あなた」

「う……その……」

その剣幕にたじろいで言葉を濁していると、眼前の彼女の表情がみるみるうちに変わっていく。眉間に筋が刻まれていき、すがめられた目はあたしを貫かんとばかりに睨みつけてくる。

つまり、怒り。

……もしかして、この子も……？

「一瞬でも、わかり合えると……友達になれると思った私が浅はかでした」

その言葉に対して、何か言う余裕さえ与えられなかった。

「〈記憶消去《イレイズ》〉！」

彼女の声が聞こえた瞬間、あたしの目の前が白に染まる。そして頭の中に靄《もや》が——

●

堰《せ》き止《と》められていた記憶が一斉に押し寄せ、意識が濁流に飲み込まれていた。

のろのろと頭を振って、あたしは思考を取り戻す。

——そうだった。

あたしの記憶していたよりも前に、すでにあたしは陽守と出会っていた。

ようやく、今までの違和感に説明がついた……あたしはずっと前から知ってたんだ。

魔法少女の正体を。

そして、陽守があたしに突っかかってきてたのは、先輩を巡ってのことだけが理由じゃなかった。

「そういうことです。あなたは魔法少女を……この力を、ソルインティを否定しました」

彼女が手を強く握る。そしてその言葉には、強い感情が滲んでいた。

それは、怒りと……信念？

その所以《ゆえん》を探る間もなく、その表情は凜《りん》とした神の輝きに覆《おお》い隠《かく》されてしまう。

ソルインティの右腕が、真横に伸ばされた。その手のひらから、光とも炎ともつかない白い輝きが溢れる。

細長く伸びたその眩しさが収まった時、ソルインティの手には一本の得物《えもの》が握られていた。

それを大きく優雅に振り回し、両手でしっかりと構え直す……あたしに向けて。

その姿は、錫杖《しゃくじょう》を手にした聖職者のよう。

ソルインティがその涼やかな声で宣告する。

「ちょうどいい機会です。機織先輩に近付く不逞《ふてい》の輩《やから》は、この私が直々《じきじき》に足がつかないような方法で始末して差し上げます」

迎えるのは、あたしの不敵な笑み。

「話が早くて助かるわ。返り討ちにしてあげるから、うまいこと正当防衛で誤魔化せるように攻撃してきなさいよ」

『……霊族っちゅうんは何でこうまで同族に冷徹になれるんですかね』

「では――参ります」

宣言とともに身構えたソルインティが……って、突進してくんの!?

杖を身体の横から後ろに引いた格好で、一足飛びに間合いを詰めてくるソルインティ。

そしてあと数メートルで激突という距離からその腕が一気に真横に薙《な》がれ――

ちょっとそれ明らかに使い方間違ってない!?

「〈殲刀《せんとう》ペイルリッパー〉！」

ソルインティの攻撃を、すんでのところで喚び出した刀が受けた。重い衝撃に右手の芯が痺《しび》れる。

しかし、すぐさま続く敵の連撃。払いから刺突《しとつ》に繋ぎ、最後に大上段からの斬り下ろし。あたしはその攻撃を何とか刀でいなし、受ける。

ギリギリと音を立ててせめぎ合う、蒼《あお》い刀と輝く……つえ……？

「……この〈ゲイアサイル〉にも切り裂けないとは。それなりの力は持っていらっしゃるようですね」

やっぱもう杖と思ってないわよね!?

鍔《つば》迫《ぜ》り合《あ》いの形で受け止めたソルインティの武器を観察する。

長い棒状の柄の先端に取りつけられた宝石……はいいんだけど、その周囲をやたらとシャープな金属質の装飾が取り囲んでいて、刺したり斬ったりしやすそう。

……先入観からか杖だと思い込んでたけど、アレどう見ても槍か薙刀《なぎなた》だわ。

何やら早くも、あたしの中でソルインティが理想の魔法少女の座から崖下へ転落しつつあるのを感じる。どーして神も魔もこう、切った張ったが大好きなんだろうか。

物騒な刃物を嚙み合わせて純粋な腕力勝負を繰り広げている現状を嘆いてはみるものの、かと言って殺《や》らなきゃ殺られるのは間違いない。今後の戦闘スタイルについては、ひとまずソルインティを斬り伏せてから考えよう。

あたしは膠着《こうちゃく》状態から一瞬力を抜いてみせた。当然押し出されてくる力を円を描くように受け流し、伸びきった相手の槍を刀の峰でしこたま叩いてやる。

バランスの崩れたソルインティの横をすり抜け様に、刀を振るう——その太刀筋は、寸分の狂いもなく頸動脈《けいどうみゃく》に食らいつく！

肉を裂く感触……は、伝わってこなかった。

何かがおかしいと感じたと同時、あたしの目があり得ないものを捉えていた。

二人目のソルインティ。

彼女はあたしの真正面、まるで待ち構えるように槍の穂先を真っ直ぐこちらに向けていた。その先端で輝きが膨れ上がる。

回避できる体勢にはない——けど、こっちにもまだ奥の手はある！

ソルインティの杖が、巨大な熱量を放出し——

「ぬわ——っっ!!」

オロの絶叫が木霊した。

——ちっ、仕損じたっ!!

思わず顔をしかめるあたし。

白い炎が収まった後に残されたのは、普段着のあたしと……こんがり焼けた馬の姿。

「……あ、アンタはまた性懲りもなく……」

プルプル震える脚で立つ馬形態のオロ。サイズはともかく、その様は生まれたての仔馬のようにも思える。

そんな危なげな足取りで、オロはあたしに詰め寄り非難の声を浴びせかけてきた。

「えーかげん他人で攻撃防ぐのやめてもらえませんかね!?」

要するにあたしは、ソルインティの攻撃に合わせて幻身を解除し、元のサイズに戻ったオロを盾に使いつつ事故に見せかけて殺害しようとしたというわけだ。

しかし今の光線、威力はそれほど高くなかったらしい。残念ながらあたしの計画は失敗に終わってしまった。

——仕方ない、オロはひとまず後回しだ。

再び呪文を唱えて幻身し、若干面食らったままのソルインティと対峙する。あたしが斬首したはずのもう一人の姿など、もうどこにもなかった。

「……今の、幻影かなんか？　味なマネしてくれんじゃない」

「……そちらこそ、なかなか思い切った手を使いますね……」

あたしたちのチームワークまでは計算外だったんだろう。隠しきれない戸惑いを誤魔化すように、ソルインティはひときわ大きく槍で空《くう》を切る。

「いいでしょう、なるべく苦しまないように死なせて差し上げようと思っていたのですが――」

その切っ先が、舌舐めずりするかのようにあたしをなぞって動く。

「そちらがあくまで抵抗するというのであれば、泣きながらもう殺してくださいと懇願《こんがん》したくなるような方法でいたぶらせていただきます」

「……つくづくそのカッコで口にしていいセリフじゃないわね……」

光だろうが神の力だろうが、使い手次第で狂気が宿るという見本が目の前にあった。

「五月蠅《うるさ》いです。最初に会った時から、あなたは私の手で消さなければならないと思っていたんです」

「上等だわ。あんたを殺してどさくさでオロも殺して、あたしは平穏な生活と先輩を手に入れてみせるっ!!」

『……アンタも大概ひどい物言いですがね』

啖呵《たんか》をきるあたしに、肩の上でオロが呆れた声で突っ込んでくる。いーじゃないこっちはどうせ見た目からして悪役なんだから。

……とは言っても、どう立ち回ったもんかしら。

いつもの鎌は大きすぎて、あの槍とやりあうのには向かない気がする。取り回しが利くペイルリッパーなら、あの素早い突きと薙ぎ払いに対応するにも悪くないんだけど……問題は、相手とこちらのリーチに差がありすぎること。

しかし、それは同時に彼女の弱点でもある。一度あたしの間合いに入ってしまえば、長物を振り回すソルインティは思うように攻撃を繰り出せないはず。

——よし。

「〈殲刀ペイルリッパー〉！」

再び刀を召喚しつつ、あたしの足がコンクリートを蹴る。狙いはまっすぐ、正面突破！

突撃するあたしを、ソルインティの横薙ぎの一閃が迎え撃つ。

……しめたっ！

あたしは内心ほくそ笑んだ。刀で受けると見せかけて、あたしは突進から急ブレーキをかける。鼻先を過《よ》ぎる槍の切っ先を見送り、あたしは滑り込むように彼女の間合い、その半径の内側に入り込んだ。

「っ!?」

驚愕するソルインティ。しかし至近距離まで詰め寄ったあたしが邪魔で、構え直すことができない。

間髪を容れず、低い姿勢から居合いのような斬撃を繰り出す！

殺《と》った――！

しかし勝利を確信したあたしの刃は、彼女の喉に食らいつくことはなかった。

逆袈裟《ぎゃくけさ》の斬り上げは、刃ではなく、柄の中間で受け止められていた。

そしてソルインティは、刀と交差する部分を支点に、切っ先側を引くように構えを変える。そのまま今度はあたしの押す力をいなすようにしながら、石突《いしづき》で足を払った。

「たっ⁉」

強烈な足払いに、一瞬浮かび上がるあたしの体。体勢を立て直すよりも早く――

「――光あれ」

ソルインティの声と、白は同時。

さっきと同じ、視界を灼く光の奔流。不安定な体勢のあたしはトラックに撥《は》ねられたみたいに弾き飛ばされ、屋上の外周を囲むフェンスを越えてしまう。

ほどなくして、自由落下。

内臓が持っていかれそうな感覚を必死で我慢しつつ、一瞬前まで自分のいた方向に目を戻すと……槍を構えあたしの落下速度を上回る勢いで突っ込んでくるソルインティ！

「――ちぃッ！」

咄嗟《とっさ》に、頭が〝障壁〟のイメージで埋め尽くされる。あたしの中の魔力がそれに従って、即座に作用を紡いだ。

幾層も多重展開される防御陣。個々の面積もできるだけ絞って、槍の尖端ただ一点を防ぐのに全力を傾ける。

その中心に槍が突き刺さった。反発しあう神魔の力が、火花の尾を引いて流れていく。耐え切れず、次々と壊れていくあたしの陣——いや、行ける！

あたしの障壁はそのほとんどを破り砕かれながらも、残る数層が何とかその矛先を食い止めた。

直後、背中を途轍《とてつ》もない一撃が襲う。

「かはっ…………!!」

肺の中の空気が残らず搾《しぼ》り出《だ》される。

予想していなかったダメージに、一瞬意識が飛びかけた。

……もしかして今のって、ビルの屋上から地面に墜落した衝撃なの？

普通なら絶対に感想なんか抱けないはずの激痛に、思わず背筋が寒くなる。

攻撃を防ぐのに手一杯で、落下の衝撃を殺すことまではまったく頭になかった。数十メートル上からの加速度をモロに受けた背骨が軋《きし》む。

だけど、いつまでも寝てるわけにはいかない。

体中の神経から悲鳴が返ってくるけど、構ってる場合じゃない。あたしが跳ねるように起き上がると、上から覆いかぶさるように重なっていたソルインティも飛び退き、一定の距離を保って着地する。

夜の街。まだまだ人は多くて……突然上空から乱入してきたあたしたちが、目立たないわけがない。とりわけ墜落したのが道路のど真ん中だったせいで、急ブレーキで停止した車によってたちまち交通は堰《せ》き止《と》められていた。

あっという間に混乱に陥る繁華街。

あたしたちのすぐそばでも、何人かの通行人が状況を理解できずに立ち尽くしている。

「「逃げてッ‼」」

あたしとソルインティの声がハモった。

「は――はいっ！」

「ひぃっ、殺さないで……！」

……あっちとこっちで随分リアクションが違うのは何でかしらッ⁉

腰を抜かしたまま一向に動いてくれない通行人を蹴り飛ばしてご退場願う。決して腹立ち紛れだとかではあんまりない。

民間人の避難が終わったところで、改めて槍を構え直したソルインティが距離を詰めてきた。彼女の刃が残光の軌跡を引いて振るわれる。

時に突き、また、斬り払う。

縦横から襲い来るその切っ先を、あたしの刀が辛うじて受け止めていた。けど、速度も手数《てかず》もあっちが上手《うわて》——このままじゃ、持たない。

「ちっ……!!」

舌打ちし、あたしは度重なる打ち合いで刃のこぼれきった刀を手放す。

あっちがそういう戦い方をするって言うなら——

「〈審鞭《しんべん》イシュタムクヌート〉!!」

ソルインティの攻撃にタイミングを合わせ、大きく飛び退きながら新たに武器を喚び出したあたしは、間髪を容れずソルインティに向かってそれを振るう。音速を超えたその先端が、数メートルの距離を物ともせず絡みついた。

あたしの右手が握っているのは、黒く滑らかに夜の光を反射する一条のムチ。一直線に伸びるそれのもう一端が、ソルインティの右手と槍の自由を奪っていた。

あたしはそれを思いっきり引っ張った。抗《あらが》うソルインティ。

黒い線がピンと張り詰める。束の間の拮抗《きっこう》。

——しかし力比べは、あたしの方に軍配が上がった。

得物もろとも手首を固められたソルインティが、あたしの方に引きずられ——いや、自分から飛んだ!?

あたしの顎《あご》をソルインティの拳が捉えた。脳が揺さぶられ、平衡感覚が失われる。足の感覚だけで踏ん張り、倒れるのを堪える。しかし殺気は、あたしの回復など待ってはくれない！

「……〈骸刃《がいじん》アプチダガー〉っ！」

ギリギリのところで、槍の穂先を短剣が押し留めていた。

再び鍔迫り合いにもつれ込むあたしとソルインティ。

「……っ、小悪魔らしく血塗《ちまみ》れの真っ赤になるか炭化して真っ黒になるか選びなさい！」

「うっさい！　ピイピイさえずるその喉の風通しよくして静かにしてあげるわ！」

罵声を浴びせながら全身の力を込めて押し合う。今日何度目か考えるのも馬鹿らしくなる、負けたら死亡の腕相撲。その最中――

不意に、視界の彼方で何かが光るのが見えた。

「――!?」

咄嗟《とっさ》に、あたしは障壁をソルインティの背後に展開した。ほぼ同時に、着弾。

防御陣の中心に、白い何かが突き刺さる。

「な……何よ一体――」

まったく予想の外からの不意打ち。驚愕にあたしは一時、完全に敵――ソルインティの存在を忘れていた。

そしてそれが、致命的だった。

隙《すき》を突いて押し合いから逃れていたソルインティの槍が、あたしの胸を真横に切り裂いていた。あたしの体がゆっくりと後ろに傾いていく。

——まずい。

ダメージが深刻なのは、すぐにわかった。体が動かない。スローモーションのような景色の中、純白の影が再びその手の槍を振るい——光が襲い来る。

「あっ——！」

世界ごと脳が揺さぶられたような感覚。

背中と後頭部に衝撃と痛みが走り、ようやく揺れが収まる……何かにぶつかって止まったんだろう。

閉じてしまいそうになる瞼《まぶた》を堪え、何とかソルインティを捉える。彼女は槍を横に薙ぎ払った体勢のまま、ゆっくりと近寄ってくる。

その顔ははっきりは見えない。けど、どこか困惑が浮かんでいるようにも感じられた。

それを肯定するように、ソルインティの声。

「……今のは一体……？」

呟《つぶや》く彼女のその傍らに、何かがゆっくりと舞い降りてくる。

金色の羽を持つ鳥。

「ミサキ……」

ソルインティの……陽守の声。それに応じるように、金の鳥はその三本の足でソルインティの肩に止まった。

さっきのは……攻撃してきたのは、あの鳥……？

にしたって、完全にソルインティまで巻き込むつもりだったとしか思えない。

しかし何にしても後の祭りだった。あたしはだんだんと力が抜けていく体を横たえる。

痛い。痛い。泣きたい。吐きそう。

咳き込んだ喉から液体が噴き出し、ぽたぽたと黒い染みを地面に広げた。

……ダメかも。視界が霞む。

『ソルインティ。早く止めを刺せ』

「……は、はい……」

耳に入ってくる音も、次第に内容を追うことが難しくなる。視覚と聴覚を放棄しつつあるあたしは、もう何もかもが面倒になってすべてを投げ出して眠ってしまおうと――

突然、強く引っ張られたような気がした。

慣性にさえ身体をバラバラにされてしまいそうな感覚に翻弄《ほんろう》される。だけどそれはすぐに収まって、今度はえも言われぬ安定感と心地よさが伝わってきた。

どうやら、あたしは仰向けになった形で誰かに運ばれているらしい。首の後ろと足を

支えられる感触。

抱きかかえられている。

——誰に？

わからない。でも、せめてそれだけは確かめたいという気持ちが、あたしに最後の力を振り絞らせる。

その意志に、かろうじて片目だけが応えてくれた。瞼を薄く持ち上げ、すぐ近くにあるその顔に必死に焦点を合わせる。

風になびく淡い翠色《みどりいろ》。静かに前だけを見つめるその緑眼の持ち主は——

「……フュー、ネ……？」

声として漏れることはなかったその呟きが、あたしを眠りの淵へと誘《いざな》った。

四章

天使の罠!? 目醒めて、セレンディアナ！

——ここ、どこだろ？

あたしが座っているのは、一面に無節操なまでに色とりどりの花が咲き誇る平原。首を巡らせると、すぐ近くにはさらさらと音を立てて川が流れている。結構な川幅があるけど、橋の類《たぐい》は見当たらない。

どうにも思い当たるモノはあるけど、あまりの居心地の良さに考えがまとまらない。ハチミツのような甘い香りの風がゆったりと吹き抜けて、あたしの髪を揺らす。

ま、そんなこと今はどうでもいいわよね……。

仰向けに寝転がったあたしの耳に、何だか聞き覚えのある声が届いてきた。

「お～い、セレンディアナーっ」

身体を起こしてみる。声が聞こえた横の方を見ると、川を挟んだ向こうの川岸に人だかりが見えた。遠いその人影のうちの一つが、あたしに呼びかけているようだ。

そして、あたしはその声の主《ぬし》の正体に気付く。

まさか……いや間違いない、あれはハニ穂《ほ》!?

『おじゃる魔女ハニ穂』……埴輪《はにわ》の少女ハニ穂とその友人たちが、見習い公家《くげ》として奮闘する様子を描いたハートフルな魔法少女アニメシリーズ。古墳時代なのか室町後期なのかわからない適当な時代考証が意外にも女の子たちに大ウケしてしまい、二期三期と続編も放送されてかなりの人気を誇っていた。

日本史と魔法の融合という熱した油に水をぶち込んだような斬新《ざんしん》な設定の、いろんな意味で時代が置いてけぼりくらってた作品だ。あたしも毎週楽しみにしていたからよく覚えている。

そんなハニ穂たちおじゃる魔女が対岸で手を振っている。あたしの名前を呼びながら。

いや、それだけじゃない。あっちにいる人数は、おじゃる魔女たちを全員合わせたよりもずっと多い。

「セレンディアナーっ！　こっちこっち～！」

他の一人も声を張り上げる。金髪を頭の左右でお団子にまとめ、さらにそこから長いツインテールが伸びているという不可思議な髪形の少女。

「あれは……アーミーデネブ！」

『美少女兵士アーミーデネブ』。かれこれ十年以上前に一世を風靡《ふうび》し、戦う魔法少女モノというジャンルに一つの方向性を示したと言ってもいい作品だ。海外ではジャパニメーションの代名詞ともなっていて、現在も不動の人気を誇っている。

デネブ・アルタイル・ベガ・シリウス・ベテルギウス・プロキオン。夜空を彩る星の名を冠《かん》した六人の美少女兵士が、悪の装甲車両や攻撃ヘリと戦いを繰り広げる物語だ。

ちなみに致命的なまでの語感の悪さから、主たるターゲットの小さな女の子には特に主人公のデネブの人気のなさが顕著《けんちょ》で、デネブの関連商品のみ売れ行きが異常に悪いという結果を招いた。せめてもうちょっと他の星を選べなかったのかと物議を醸《かも》していたのも、今ではあたしの幼少期の甘酸っぱい思い出となっている。

そんな彼女たちもおじゃる魔女と一緒になってあたしを呼んでいた。

いや、まだだ。それだけじゃなかった。

そのさらに隣は『フィギュアコレクターお菊』だ。『魔法侍ゼロムーン』の姿も見えた。まさに錚々《そうそう》たる顔ぶれ。あたしの憧れだった魔法少女たちが勢揃いしている。

そうか、きっとここは魔法界とかなんかそんな感じの場所と人間界の境目なんだ。ここを渡れば、あたしも一人前の魔法少女になれるのよ。根拠はないけど多分そうだ。

矢も盾《たて》もたまらず、あたしは川へ向かって走り出す。服の心配なんかしている場合じゃない。あたしはそのまま川に足を踏み入れようとして——

「そっちに行っちゃダメッ!!」

突如背後から鋭い声で制止されて、つんのめりながらも足を止めた。

その声の主。これまた聞き慣れたその声。

「プ、プラナリピンク……！」

後ろを振り返ると、いつの間にそこに立っていたのだろう、毎週見慣れたパステルカラーのコスチュームが腕を組んでいた。

「あなたにはまだなすべきことが残ってるでしょ。あっちに行くには早すぎるわ」

ピンクの言葉が、あたしに突き刺さった。

……あたしの、すべきこと……。

握った手を胸に当てる。

そうか。あたしは一体何をしていたんだろう。

そうこうするうちにも、あたしの心の奥底から具体的ではないにしろ何か使命感のようなものが込み上げてくる。

ある種の決意を込めてきっと顔を上げ、プラナリピンクをまっすぐ見据えて口を開こうとしたところで、対岸から声が飛んでくる。

「それは違うわ、プラナリピンク！」

割って入ったのは、アーミーデネブだった。

「セレンディアナは、主人公であるソルインティの敵役《かたきやく》として戦って見事に散ったわ！彼女は立派に役目を果たし終えたのよ！」

え、あたしってそういうポジションだったの？　って言うか、主人公とかって誰から見ての分類なんだろう。そりゃあっちの方が正義っぽいのは認めるけどさ。

あたし自身初耳の驚愕《きょうがく》の事実に呆然としていると、それを聞いたプラナリピンクも何やらひとしきり考えるような素振りを見せた後、

「それもそうね。瑠奈《るな》ちゃん、やっぱり渡っていいよ」

と満面に笑みを浮かべ、突き立てた親指で対岸を指し示した。

そう言われると、俄然《がぜん》行きたくなくなる。

どうすればやんわり断れるかと思考を巡らせていると、あたしの耳が微かな音を拾う。

低く重い、不気味な音。それは次第に大きくはっきりとしてきて、そのうちに今度は地面に立つ足からも震動という形で伝わってくる。

これは……地震？

あたしが何事かと周囲を見回したその時。

突然、こちら側の岸のお花畑が不自然に盛り上がった。やがて変形に耐え切れなくなった地面は地割れを起こし、数瞬後には土くれを撒《ま》き散《ち》らしながら噴火する。

いや、そうじゃない。それは火山活動の類《たぐい》じゃなく、下からせり上がる何かに押し上げられたことによるものだ。そして、その下の何かとは——

『るぅぅウぅぅナぁぁぁぁあアぁぁァァさぁぁぁぁん……』

よく知ってはいるけど明確におかしい。土中から飛び出してきたのは首から上だけで、けれど普段からは考えられないほど巨大な、まさにバケモノじみたサイズのオロだった。

馬形態のオロはデカイけど、これはその比じゃない。見えているのは首だけにもかかわらず、ちょっとした小山ほどもありそうなサイズ……まるでスフィンクスを真下から見上げているみたいだ。

そんな巨大馬首が血走った目で睨みつけながら、ありったけの呪詛《じゅそ》を籠《こ》めたような声で呼んでくる。いい加減オロを見慣れたはずのあたしですら竦《すく》みあがるほかなかった。

……と。

ザッ、とプラナリピンクがあたしの目の前に腕を広げて立ちふさがった。身体はオロに対峙《たいじ》したまま首だけで後ろを振り返り、あたしに向かって叫ぶ。

「瑠奈ちゃん――いえ、セレンディアナ！　ここは私に任せて、あなたは早く向こう岸へ渡るのよ！」

「くっ、何となくカッコいいシチュエーションでなし崩しに渡らせようとしたってそうはいかないわっ！」

対岸には依然として和気藹々《わきあいあい》とあたしを呼ぶ歴代魔法少女オールスターズ。この異常事態にもかかわらず貼り付けたような笑顔を浮かべている様は空恐ろしくさえある。

今ようやく、はっきりとわかった。渡っちゃ駄目だ。こいつらに従ったらまずい。

ここは――

●

「――瑠奈さん!!」

目の前にはオロがいた。

あたしと視線が合ったとみるや、安堵《あんど》の溜息《ためいき》を漏《も》らす。

「良かった……心配させんといてください」

……夢か。途中からわかってたけど。

あたしを覗《のぞ》き込《こ》むオロは、夢の中のジャンボ馬なんかではなく、人間の姿。

「ここ……どこ？」

身体を起こしながら尋ねる。オロは顔を退けながら教えてくれた。

「……さっき戦っとった場所からは少し離れたとこですわ。敵ももうおりません」

戦い……敵。

まだ回転の鈍い頭の中に、剣戟《けんげき》の記憶が蘇った。

「そうだ……」

あたしはオロに詰め寄る。

「ソルインティ……陽守《ひのかみ》は？　……フューネは!?」

「落ち着いてください。あのソルインティとか言うんは、もう追ってきとりません。瑠奈さんを抱えてきた奴も、目を覚ます前に帰ってしまいました」

追ってくる……そうだ。あたしはソルインティとなった陽守と戦って——負けた？

不意打ちだったけど、文句を言っても仕方ない。とにかくあたしは気を失って、今こうして目が覚めた。敵の目の前で倒れて無事だったのは、あの瞬間――

意識を手放す寸前、あたしは確かにフューネに抱き上げられていた。

「もうわかっとるかもしれませんが、アイツがここまで瑠奈さんを連れて逃げてくれたんですわ。それから二時間くらい経ちましたな」

あたしの思考を裏打ちするようにオロが教えてくれる。

しかし、二時間。それだけの間気絶してたのか。

気付けば幻身も解けてしまっている。自分の服装が制服に戻ってることを認識して――

「あれ……傷がない」

そう言えば、あたし相当な大怪我してたはずよね。あんな臨死体験《りんしたいけん》までしちゃったくらいだし。

けど、攻撃された胸元をぺたぺたと触ってみても、体には傷一つついてない。

「傷の治療も、アイツがやってくれたんですわ……ま、セレンディアナに幻身しとる瑠奈さんは治癒力も向上しとりますから、どちらにせよ命に別状はなかったと思いますが」

「そっか……フューネが……」

傷のあったであろう場所を指でなぞりながらぼんやりと答える。

無愛想っていうか無表情っていうか、どうも取っつきにくい奴だと思ってたけど……

ひょっとして結構いい奴なのかしら。

しかしどうやら、こいつの方はそうは思ってないみたいだった。

「まったく、得体の知れん相手ですわ……瑠奈さん、くれぐれも油断してアイツに気を許したりせんでくださいよ」

露骨に面白くなさそうな声で釘を刺してくる……いや、その声に籠められているのは、明確な敵意ですらあった。

「……なんでよ？」

危ないところを助けてくれた相手に対するあまりな言い草に、自然とあたしの声にも不機嫌が滲《にじ》む。

そんなあたしの非難の視線を気にした風もなく、オロは続ける。

「得体の知れん奴やからです。ホンマに味方かどうか、わかったもんやないですわ」

「でも、助けてくれたんだし……そうよ、あのアイテムだって届けてくれたじゃない。味方じゃなくてなんなのよ」

「……それはそうですが……」

あたしが言い返すと、なおも承服しかねるように言葉を濁し、オロは頭をかく。

「……なんでそんなに彼を疑うわけ？」

彼の過剰なまでの警戒ぶりが腑《ふ》に落ちないあたしは、体を起こしながら聞いてみる。

対するオロの答えは、至極《しごく》単純だった。

「フューネなんて魔族、聞いたこともないからですわ」

「聞いたことないって……それだけ？」

「それだけで充分です。少しの間一緒におっただけでわかりました。ヤツは相当な魔力の持ち主です。ですが、あれだけの力を持ちながらボクが名前を知らん魔族がおるなんてこと、考えられんのですわ」

そういうもんなんだろうか。少なくともあたしはマンションのお隣夫婦の名前すら忘れてるんだけど。

ともあれオロとしては知ってて当然なのかもしれない。しかしそれでも聞いたことないとすると――

「……じゃあ、偽名名乗ってるとか」

「それはありませんな。ボクらは人間と違って、その名前が相手の真名《まな》か偽名かはすぐに判別できるんで」

「……何そのどーでもいい技能。つーかそれじゃ偽名の意味ないんじゃ……？」

オロはあたしのそんな疑問も想定済みだったのか、もったいぶった感じで首を横に振って否定してくる。

「ボクらにとって自分の真名はホイホイ教えてええもんではないんです。よほど信頼しとる相手でもなければ、隠したり偽名を使うのはよくあることですわ。個体の識別さえできれば、ソイツが偽名を名乗ってようが不都合はありませんしね」

そう言われると、魔法使いが呪いをかけられたりしないように名前を教えない、っていう風な話を聞いたこともあったような……。

「とにかく、そういうわけでフューネっちゅうんがあいつの本名なのは確かです。ただ、そんな魔族は聞いたことがない――」

結局、自分が知らない相手だから疑うって感覚があたしにはわからないけど。

でも……あたしがセレンディアナとなった直後の転入。そして見計らったかのようにあたしを助けてくれたこと――オロの言い分に同意するわけじゃないけど、あまりにも出来すぎていると言われれば、そう思えなくもないのは確かだ。

「あ――」

ふと、あたしの頭の中で閃《ひらめ》きが生まれた。点と点がパズルのピースで何かよくわかんないけどぴったりとする感覚。

そうだ、ひょっとすると……うん、そう考えればすべて説明はつく。

「ふっ……あたしにはわかったわよ、フューネの正体が」

「え、ホンマですか瑠奈さん？」

鼻高々に断言するあたしに、オロが食いつく。

「ええ……彼は間違いなく、先輩が変身した姿ね。先輩は実はあたしと運命がどうとかな関係で、あたしのピンチに駆けつけて助けてくれたのよ！」

「一体何言っとんですかアンタは」

あたしの完璧な推理への反応は冷たかった。

――で、でも、こーいう具合でピンチに駆けつけてくれるイケメンヒーローと言えば、ヒロインが密かに憧れてる想い人ってのが相場《そうば》じゃ――

「大体、もしアイツの正体がそのセンパイさんやったとしたら、何でわざわざ化けてまで転校してこにゃならんのですか。最初っから同じ学校おるでしょうが」

「う……」

あっさり論破されて押し黙るあたし。

あと、先輩が実は魔族だったって設定はあたし自身あんまり歓迎したくない。

……でも何にせよ、正体がわからないからって助けてくれた相手を疑うのは、何だか気が引けるのよね。

そんなあたしの心中を知ってか知らずか、オロの目はさらに疑惑の色を深める。

「これはあくまで憶測の域を出んのですが――ヴォラクを襲ったんは、神族やない可能性もあるとボクは思っとります」

「ヴォラクって……あの子供？」

「ええ……ヴォラクは探索と獲得《かくとく》を司《つかさど》る魔族です。探知に特化したアイツが神族に気付かずに不意打ちを食らうなんてこと、考えにくいんですわ。それこそ同族を装って不意を突かれたってことも――」

オロより先にセレンディアナの適合者《てきごうしゃ》を探していた、金髪碧眼の少年。彼はその任務中、何者かによって傷を負わされ、身を潜めていたという。

――しかしあたしの脳裏に浮かんだのは、夕焼けの中、邪悪な笑いに歪むあいつの顔。

「……あたしに言わせりゃ、あっちこそバリバリ怪しいと思うんだけど……」

今になって思えば、あの忠告はソルインティについてのことを言っていたんだろう。

じゃあ、何でヴォラクは彼女のことを知っていたのか。あの思わせぶりな言動は、何を意図してのことなのか――

「……いや、よく考えればもう黒幕レベルの怪しさよね、あいつ」

「そんな、それこそ何で瑠奈さんがヴォラクを警戒するんかボクにはわかりませんわ」

唇を尖らせて不機嫌を露《あらわ》にするオロ。

「……なんでって……じゃあ、そもそも最初に会った時に魔界に戻りたがらなかったのはなんでなのよ」

「そ、そりゃ……まだ何かこっちでやることがあったとか……」

「なにかって？」

「そこまでは……ただ、もしこちらで何かやっとるとするならば、やはり探し物の類だとは思いますが――」

……ダメだ。徹底的に会話が嚙み合わない。擁護《ようご》してる相手に「あいつは怪しい」なんて言ったところで、お互い受け入れられるはずもない。議論を続けても水掛け論にしかなりそうになかった。

オロもそれを悟ったのか、話を打ち切って告げる。

「ま、ここで考えてもしゃーないのは確かです。とにかく一旦家に帰りましょう。少しでも身体を休めた方がええですし」

それもそうだ。傷は治癒してるとは言え、ひどい倦怠感《けんたいかん》と身体の節々が痛む感覚は残っていて、本調子と言うには程遠い。

「んじゃ帰りましょうか――ほれ、瑠奈さん」

オロが言いながら背を向け片膝を突きながらしゃがみこむ。

「……え、なに？」

ぼけっと問い返すあたしに、オロは首をこちらに向けて言う。

「……何って、おんぶでしょうが。家まで運んであげますから、早よ乗ってください」

「いや、でも…………お願いします」

慌てて遠慮しようとするものの、そもそも自分で立ち上がることすらできなかった。

あたしは諦めて、彼の首に腕を回した。

●

「うーん、いい天気ね」

屋上のフェンスに寄りかかるように、あたしは目を閉じて春の風を体中で感じる。もごもごと聞こえる呻《うめ》きが耳に心地いい。

あの後、日が昇るまで睡眠をとると、何とか体調の方も回復していた。普段通り学校に来たあたしは、まず真っ先に教室へと足を向けて――

「……瑠奈さん、アンタこういう誘拐のスキルをどっから習得してきとんですか」

地面に転がったそれを見下ろしながら、オロが気まずそうに聞いてきた……その間もそれは、飽きもせず声にならない声を上げ続けている。

「むぐ――ッ！　ぐむっ、ぬぐふ――ッ⁉」

意味を成さない鼻声でも、怒りだけは伝わってくる。

あたしはオロの隣へ歩み寄った。腕を組んで見下ろしてやると、堪《たま》らなく嗜虐心《しぎゃくしん》をそそられる。

打ちっぱなしのコンクリートの地面には、手足を紐で縛り上げ、口をガムテープで塞いだ陽守を転がしてあった。

あたしはしゃがみこむと、暴れる陽守の耳元に顔を寄せる。

「ほら、おとなしくしなさい。喋《しゃべ》れるようにしてあげるから」

囁《ささや》くように告げ、陽守の口からガムテープをいささか乱暴にはがしてやった。

「つぷ、い、痛い痛いですっ！　……一体どういうつもりなんですかあなたは!?」

自由になった途端これである。

「いやまぁ、お互いいろいろ話を聞きたいだろうと思って」

「それでなぜこんな狼藉《ろうぜき》に至《いた》るのか、じっくり伺いたいものですね……！」

オロに手足の束縛を解かれた陽守は、怒りを紛らすように溜息をつくと、

「……ふっ。ああなるほど、先輩を奪われた仕返しのつもりですか。あなたらしい浅ましい考えです」

挑発的な口調で、わけのわからないことを言ってくる。

「奪われたって……なに言ってんの？」

「そちらこそ何を白々しいことを。昨日のはどう見ても私の勝ちだったでしょう？　なら当然、先輩も私のものになるはずです」

「は？　いつそんなルール決めたってのよ？」

昨日のは単にお互い邪魔者を始末しようとしただけじゃない。そんな勝負を受けた覚えはない。

「なっ、負け惜しみを——！」

未《いま》だに食ってかかる陽守には取り合わず、あたしは諭《さと》すように言ってやる。

「そんなことより、今は話し合うべきことがあるんじゃない？」

「……誤魔化しましたね。まあいいです」

気を取り直すように咳払いをして……口火を切ったのは、陽守。

「ならお聞きします。望月さん、あの男とはどういうご関係ですか」

あの男……ってのは、やっぱり——

「昨日、あなたを連れ去った男です。彼は一体、何が目的なんですか」

……そう言えば陽守は、昨日学校を休んでいた。まだ彼の転入のことを知らないんだろう。

あたしはあたしが知る限りの事情を説明する。

フューネが昨日あたしたちのクラスに転入してきたこと。オロの存在を知っていて、自身も魔族だと名乗ったこと。そして昨夜、突然現れてあたしを助けたこと。

あたしだって……オロでさえ、あいつについてはほとんど知らない。関係なんてのも、クラスメイトで同じ魔族。その程度だ。

「……なるほど……」

陽守はしきりに首を縦に動かしている。そして、

「――単純に目的は同じ、というわけでもないということですか――」

俯いて、何かぶつぶつと呟く。

何だか勝手に話を終わらされた気分になったけど、あたしとしても昨日の……お姫様抱っことかについて深く突っ込まれると面倒なので、話を変えてくれるのは助かる。

「じゃ、今度はこっちが質問する番よ」

あたしが身を乗り出す。まだ何か考え込んでいた陽守も目を上げた。

「ソルインティって、何なの？　何で陽守がそれに変身してるわけ？」

陽守は昨日、自分が噂《うわさ》の魔法少女であることを認めていた。

そしてまず間違いなく、オロの言う〝魔族狩り〟の犯人はその魔法少女――ソルインティだ。

じゃあ、何で陽守がそんなものに変身して、いつからそんなことをしてるのか？

つい数日前に新規参入したあたしには、その辺のことがまったくわからない。

陽守が答える。

「昨日も言った通り、ソルインティはセレンディアアナと同じものだと考えてもらっても構いません」

言いながら、陽守は彼女のステッキを取り出す。曇り一つない白の杖、その先端には陽光を浴びて複雑な輝きを返す深い藍色《あいいろ》の宝玉。色調こそ正反対だけど、やはりそれはあたしの持つものとどこか似通っていた。

「遥か昔、神と魔が共同でセレンディアナを作り上げたそうです。セレンディアナそのものは魔界の物となってしまったようですが、その際に培《つちか》った技術は神界にも残りました。その技術を発展させて単独で開発したのが、魔装儀甲《まそうぎこう》に対する神装儀甲《しんそうぎこう》……このソルインティだそうです」

なるほど……あたしのセレンディアナと対をなすような印象を与えるソルインティの外見。どっちかを元にもう一方を作ったのであれば、それも頷ける。しかし――

「いや、ボクもまったく知りませんでしたわ……そんなもんが作られとったとは……」

あたしに横目で問いかけられ、オロはかぶりを振る。

オロですら知らない、セレンディアナへの対抗手段とも言うべき力。

「……なんでそんなものを陽守が？」

神族が作ったのなら、当然それは神族の持ち物のはず。それを今陽守が持っているということは――

「私が初めて望月さんと出会った、ほんの数日前のことです。私の前に神族が現れて、ステッキを託してきたんです――魔族がこの世界で人間を襲っている、それを倒すのを手伝って欲しいと」

やっぱり、あたしと似ている。

あたしが魔族であるオロに押しつけられたように、陽守も神族からそれを渡された。

「……その神族って、もしかして」

「はい、ミサキです」

やっぱりそうか。

「あの金色の鳥、あれがあんたの仲間《パートナー》なのね？」

昨日、意識を失う寸前に、陽守があいつをそう呼んでいたのを覚えている。

「はい。それについては、本人からも話を聞いた方がいいでしょう……ミサキ、来て」

バサ、と音がした。そして一瞬だけ、視界が薄暗くなる。

陽の光を遮《さえぎ》る形で、上空を何かが飛び過ぎたのだとあたしは気付く。ほどなくして、羽ばたきの音を忙《せわ》しなく響かせながら、陽守の隣に黒いもの——三本の足をもつ、一羽のカラスが飛来した。

そして、光。ほんの一瞬のフラッシュの後、そこには一人の人間が立っていた。

「……オレに何の用だ」

腕を組み、不愉快そうにすがめられた目がこちらを斜めに見下ろしてくる。

「なるほど……アンタ、八咫烏《やたがらす》ですか」

……ヤタガラス。その名前は、あたしも聞いたことがあるかもしれない。

いや、って言うか——

「……アンタ、女やったんですか」

あたしの感想をオロが代弁してくれる。

あたしたちの目の前に立つミサキの人間形態は、短く切り散らされた髪と険のある目付きではあるものの、まごうかたなく女性のそれだった。むしろ上半身の特定部位の女らしさは、あたしや陽守では到底及ばない。

「……悪いか。魔族の好みに合わせて化けてやる義理はない」

その鋭い眼光でオロを睨《ね》めつけ、あからさまに邪険な口調で吐き捨てるカラス女。言われてオロもカチンと来たのか、顔が引きつっている。

いきなり険悪度MAX状態、出会う前からファーストインプレッション最悪な二人……まあ、神族と魔族はそういうもんだと言われれば仕方ないけど。

ガンくれあってる二人の一触即発っぷりから逃れようと、あたしは陽守に向けて咄嗟《とっさ》に思いついた質問を投げかけた。

「そー言えばさ、あんた、自分がソルインティに選ばれた理由って聞いてる?」

この世界に住む人間の中から、あたしと陽守が選ばれた理由。オロに出会ったあの日、あたしはその〝理由〟にかこつけてボロクソ言われた覚えがあるけど……あれが本当のことかどうかも、オロの性格を知った今となっては怪しく思えてきた。

あたしをノせるための嘘《うそ》かもしれないし、ただ単純におちょくられてただけという可能性もある。

訊かれた陽守は、若干《じゃっかん》難しい顔を作る。

「さあ、そこまでは私も……」

……やっぱり、彼女も聞かされてはいないらしい。

ふぅん、と唸るあたし。すると陽守は少しだけ悪戯っぽく微笑んで、続けた。

「ですがあえてその理由を探すなら、そうですね——魔法少女が好きだから、というのはどうです？」

「好き……？」

昨日思い出した記憶によれば、陽守はそういったアニメに精通している——平たく言えばそういうのが好きらしいのは、間違いない。

じゃあ、あたしは——？

今でこそ恥ずかしさやら何やらで認めるのには抵抗があるけど……やっぱり、好きなんだろうか。昔から、今も。

しばし、会話が途切れる。

気付けば、オロとミサキの無言のせめぎ合《あ》いも終わっていた。とは言っても和解が成立したわけではなく、互いにシカトを決め込むことにしたらしいというだけの話だけど。

何となく気まずい空気の中、オロが陽守に向かって切り出した。

「さて、今度はボクからも質問させてもらいましょうか……アンタらは、なぜ魔族を狩っとるんですか」

陽守はオロに向き直り、何を今さらと言わんばかりの顔で答える。

「当然でしょう。魔族は人を襲う……ならば、見過ごすわけには行きません」

「ほう……それは誰に聞きました？」

「誰に、と言われても……ミサキですが」

訝《いぶか》しげな顔の陽守。対するオロはと言えば、何かが引っかかったらしい。

「それは妙ですな。本当にそっちの八咫烏がそう言ったんですか？」

「……どういう意味です？」

やれやれといった感じで、オロはかぶりを振った。そして陽守の目を真正面から見据えると、途端に真剣な声音《こわね》になる。

「魔と神の間には、霊界を巡って長い緊張状態が続いとります。しかし今、霊族であるアンタがその二者のバランスを崩しかねん真似を続ければ……それは、燻《くすぶ》る火種に油を注ぐことに等しい。このままでは、魔族はおろか神族までもが霊界に大規模な兵を送り込んでくることさえ考えられます。しかし、そっちの神族がこんなこともわからず動いとったとは考えにくい」

オロに視線を向けられた彼女——ミサキは目を閉じたまま答えない。否定しない。

「――数千年前、一人の魔族の暴走によって、魔と神は陰惨な戦争を引き起こし……魔神霊、全ての世界に甚大な犠牲をもたらしました。古代の戦争の再来、その引き金をアンタが引いてしまうかもしれんのです」

「……なんですか、それは」

陽守は呆けたように漏《も》らす。声にこそ出さないものの、あたしも同じ心境だった。

「やはり聞かされとりませんでしたか。ホンマにただ戦わされとるだけなんですな」

哀れむようなオロの声に、陽守はしばらく悔しげに沈黙し――

「――では」

口を開きかけ、噤《つぐ》む。そのまままた少し押し黙ったあと、

「では、私たちは黙って食われろというのですか。あなたたち魔族に怯えて生きろと」

手をきつく握り締めて、声を震わせる。

魔法少女が戦っている。京子から聞いたあの噂は、陽守のことだった。あたしよりも以前からたった一人で戦ってきた陽守。

その源は、ただ人間を守りたいという強い思い。

それは、オロにもわかっているようだった。しかし――

「――その怒りはもっともですけどな。だからって神族に協力するんは筋違いです。比《こ》菜《な》さん……でしたか。アンタ、魔族はともかく神族が何をしとるかご存知なんですか？」

少しだけ咎《とが》めるような色を滲ませて、言った。

「……神族が、と言うのは？」

陽守が眉《まゆ》をひそめる。

「魔族が霊界に来るのは人間を襲うためやとしましょう。じゃあ、神族は一体何の目的でやってきて、アンタにソルインティを授けたりしとるんですかね？」

「……それは、私たちを襲う魔族を倒して——」

「人間を助けたい一心のボランティアですか？　仮にそうやとしたら、アンタがそれを始めるまで魔族狩りが起きとらんかったんは何でですかね？」

陽守の声を遮るようにオロは畳みかける。

……初めて気付いた。あたしはまだ、神族の目的を知らない。いや、何らかの目的があるという発想自体がなかったんだ。

神は善。悪魔を倒し、人間を守る——そんな思い込みの前提が、頭のどっかにあったらしい。

「神族は決してアンタらの味方でも保護者でもありません。霊族の存在自体、神から見ればいいとこ下僕《げぼく》か奴隷《どれい》なんですから」

オロのその言葉に……陽守の目に浮かんでいたのは、不信。

無理もない。魔族の言葉をおいそれと信じることなんて普通はしない。神族に協力する陽守なら尚更だろう。

「ま、信じろっちゅうても無理でしょうな」

溜息をつき、オロは何のつもりかあたしに目を向けてきた。

「ボク……オロバスは召喚者を騙《だま》したり、嘘を教えるようなことは絶対にしません。つまりボクは、比菜さん、アンタではなく、一緒にこの場にいる瑠奈さんに嘘をつきません。それを踏まえた上で聞いてください」

そしてオロは、とつとつと語り始める。

「はるか昔、世界には魔界と神界、二つしかありませんでした――」

それは、あたしたち人間が知らない神話の一幕。

互いに対立する二つの世界は、ある時から、ともに問題を抱えるようになっていた。

魔族の側は、食糧の困窮《こんきゅう》。神族が力をつけ、守りを固めるようになると、おいそれと襲って食らうということが難しくなった。一時は同族で共食いを起こすほどにまで深刻な状況に陥っていたらしい。

一方の神族は、労働力の不足。技術と社会制度の発展した神界は、すでにその文明を支えるために、より下層の被支配階級なしでは立ち行かないところまで来ていた。

史上初めてと言っていい利害の一致。それが常に争い相克《そうこく》しあってきた二つの種族に、ある共同作業を行わせることになった。

新たな世界の創造。

好きなだけ食べることができ、酷使にも耐える旺盛な繁殖力を持ちながら、何の力も持たない奴隷の牧場。それが『隷界《れいかい》』であり、そこに住む『隷族《れいぞく》』となるはずだった。

しかし、成熟した隷界の収穫を巡る軋轢《あつれき》は、ついに戦争へと発展してしまう。

そんな時、ある不可解な事件が起きた。

力など持たないはずの隷族が、神魔を倒している。

神のものでも魔のものでもない力。無力で弱々しいはずの隷族……人間の行使するその力は、隷界に出兵した神魔の部隊を壊滅にまで追い込んでいた。

その後、神魔は隷界に対する不可侵の取り決めを結び、以後、散発的な小競り合いを除けば表立って争いが起きることはなくなった。いつしかここは『霊界』、そこに住む存在も『霊族』と呼ばれるようになり、今も他界からの干渉は最小限に留められている——

「——まあ今言いたいんは、要するに魔も神もアンタらにとっちゃ大差ないっちゅうことですわな」

食料として見るか、奴隷として見るか……その違いこそあれ、本質的に霊族を家畜かなにかのように扱っていることには変わりない。

「もしアンタが、そこのカラスに魔族だけを絶対悪として吹き込まれとるんであれば、もう一度考え直した方がええと忠告しときます。大昔からの連中の常套手段《じょうとうしゅだん》ですからな。

ボクらが人間を襲うのは事実ですが、神族もまた人間にとっての敵であることだけは認識しとくべきです」

陽守は、答えない。

もはや言い返してくることはないと踏んだか、オロは矛先をミサキに切り替えた。

「今度はアンタに聞きます。なぜ、アンタらはこの霊界でだけ魔族狩りをするんです？」

「……知れたこと。彼女が人間だからだ」

「……ふん、やっぱりそうでしたか。つまり、最近やられた仲間を手にかけたんは、ほとんどソルインティやってことですな」

オロが思った通り、とばかりにニヤリと笑う。

そうか。セレンディアナもソルインティも、正体はあたしや陽守……普通の人間だ。あたしがそうであるように、陽守も別世界に移動するような芸当はできないんだろう。だからこそ、この世界でしか被害は発生しない。

「では、アンタら神族はなぜ、ソルインティなんてモノを持ち出してまで魔族を？」

「……理由などない。ただキサマらを滅ぼすのに最も有効な手段を用いただけ――」

「トボけとっても無駄ですわ。アンタら神族の目的……それはおそらく、セレンディアナを使わせることそのものや。封印されとったセレンディアナを引っ張り出して対抗せざるを得ん状況を作り出すために、わざわざソルインティを使い、霊界で暴れた」

オロたち魔族は、霊界での魔術の使用に制限を受けると言っていた。だからこそ対抗策として、霊界でも力を発揮でき、神族と戦えるセレンディアナを選んだ――しかし、それ自体が最初から相手の狙いだったってこと？

犬歯をむき出し、不敵に笑うオロ。その挑発的な笑みに対して、ミサキは――

「……知らん。仮にそれが正しいとしても、上の意向だ。オレにはわからん」

やはり、シラを切り通した。

しかしそれさえも予想していたんだろう。オロはトドメとばかりに畳みかける。

「上、ですか……それはホンマに神族の上の連中なんですかね？」

「――っ」

ミサキに、目に見える動揺が走った。彼女は恨みがましい目で歯を食いしばっている。

……正直、あたしにはオロの言わんとしていることはさっぱりわからない。彼の推測が正鵠《せいこく》を射ているとして、そうまでしてセレンディアナの封印を解かせることに一体どんな意味があるのか――

しかし少なくとも、図星を突けたのは間違いないらしい。

ミサキはオロの言葉を黙殺するかのように、踵《きびす》を返した。

「――話は終わりだ。行くぞ比菜」

「逃げるんですかい？」

「黙れ。キサマらと話すことなど何もない」

背を向けたまま言うと、ミサキの姿が光に包まれ、一羽の鳥と化して翼を広げる。

黒いカラスは、その三本足で屋上のフェンスに留まり、捨て台詞の代わりとばかりにこちらに一瞬だけ目をやると、そのまま飛び去っていってしまった。

後に残された陽守も、スカートの裾《すそ》を払いながら立ち上がる。

「……今日のところは戻ります。でも、私はまだ納得してはいません」

言い残して、昇降口の鉄扉を抜けて階下へ降りていった。

大きな音を立てて閉まる扉を見つめたまま、あたしは一人黙考する。

納得していない。それはあたしだって同じだ。

「……ったく、不完全燃焼もいいとこだわ。O_2が発生するっての」

「O_2って酸素ですよ」

律儀に突っ込んでくるオロ。だけどそんなことはどうでもいい。

「――しかし、妙なことになってきましたな」

まったくだ。

事情を聞き出して、場合によっちゃ改めてソルインティを叩きのめして事件解決……そんな展開を予想してただけに、余計話がややこしくなってしまった印象しかない。

それに……オロは何か、別のことも気になっているようだった。

「魔族を狩っとった犯人は比菜さん——ソルインティです。これは間違いありません」

そこまでは昨夜の段階でわかってたことだ。一連の魔族襲撃事件は、陽守が人間を守りたい一心で続けてきたこと。

「ですが、彼女にはそれを『始める』理由が窺《うかが》えません。それはあの八咫烏にしても同じことですわ」

ミサキは言っていた……上の命令だ、と。それはつまり、そもそもソルインティの存在自体が政治的な判断を伴っているということ。

いや。さっきのオロの詰問の様子からすると、事態はもっと複雑なのかもしれない。

「とりあえずは、ソルインティさえ説得するなり動きを制限するなりすれば、魔族への被害は防げそうですが……」

面白くなさそうに、オロが頭をかきながら立ち上がる。

「なーんか、まだ裏がありそうですな」

ぼやくオロの言葉に、あたしも何か不穏なものを感じずにいられなかった。

●

時間はもう一時間目の授業が終わる頃合で、せめて二時間目からでも出席しておきたいあたしは、オロを屋上に残して教室に向かうことにした。

気分が悪くて遅刻したということにして、あたしはそこはかとなく体調が優れない風を装いながら教室の戸を開ける。

……瞬間、妙な空気が漂《ただよ》った。

こちらに視線を向けたクラスメイトの動きが止まる。周りの皆もそれに気付くとこちらに目を向けて——

瞬く間に教室じゅうから、ひそひそざわと囁《ささや》きあうような話し声。それは内緒話というよりは、陰口。

え……何これ？

あたしが自分の席へ向かって歩くと、皆の視線もあたしを追う。そして執拗《しつよう》なまでに続けられる小声での会話。

……なんか、イヤな感じだ。

あからさまに疎外されてる空気の中、唯一あたしに声をかけてくれる相手がいた。

「……ちょっと瑠奈」

「ん、どしたの京子《きょうこ》」

自分の席に座りながら親友の顔を見上げた。その京子も、何だか普段とは様子が違う。

腫れ物に触るか触るまいか決めあぐねているような、はっきりしない態度。

「変な噂が広まってるのよ、あんたの」

横目で教室内を睥睨《へいげい》しながら、京子が囁きかけてくる。なるほど、皆の様子がおかしいのはその噂とやらが原因なのか。

しかし、一体どんな——

「——あんたが、魔法少女の敵だって」

「…………え？」

あたしはフリーズした。

「昨日見た人がいるとかで……街にまた例の変身した女の子が現れて、その戦ってる相手がどう見てもあんただった、って」

うん、あたしだ。

やっぱ見られてたかー……などと心の中で頭を抱える。そんなあたしにはお構いなしに、京子は続ける。

「そりゃ信じたくはないけど……でもさ、あんた……魔法少女？　について知りたがってたし……」

気まずそうに目を伏せる京子。

「いや、あれは——」

しどろもどろに答えるあたしに、ますます京子の目は疑いの色を濃くする。まずい、何とか言い訳しないと……。

「だ……大体、何であたしが魔法少女の敵なのよ？　百歩譲って魔法少女になるとか、そっちの味方につくならまだわからなくもないけどさ」

我ながら、うまい切り返しだ。

あたしの普段の魔法少女好きを知ってる京子だからこそ、この言い分は真実味を持つはず……！

しかし必死で言い繕《いつくろ》うあたしをジト目で見下ろし、京子は懐から何かを取り出した。

「写真もあるのよ？」

「写真……？」

「朝、玄関前の掲示板に張り出されてたのよ。一応回収しといたけどね。ほらこれ」

机の上に広げられる写真。あたしはそれを覗《のぞ》き込《こ》んだ。

一枚目。自分の部屋の机に頬杖突いてるあたし。

二枚目。冷蔵庫を開けて身を屈め、中から牛乳を取り出そうとするあたし。ちなみに後ろからのアングルだから見えそうで見えない非常に際どいショット。

三枚目。寝顔。

……すべて、セレンディアナの衣装だった。

考えるまでもない。兄だ。

「あんのクソ兄……っ!!」

手の中の写真を握り潰し、喉の奥から怨嗟《えんさ》を搾り出す。

あんだけ釘を刺しておいたってのに、何考えてんのよ!?

京子はあたしにだけ聞こえるように顔を近付けて、声を潜めた。

「これ、あんたんちでしょ。見覚えあるわ」

「い、いや……その……だからこれは……」

「転校生の、フューネだっけ？　あいつの姿が見当たらないのも、あんたにイジメられて帰っちゃったとか……好き放題言われてるのよ、あんた」

「……は!?　何よそれ!?　いくらなんでもそれはないわよ!!」

身に覚えのない汚名まで着せられたあたしは、語気《ごき》を荒らげて否定した。しかしよく考えると、それ以外は認めるような口振りになってしまった気がする。

しかしあいつ、転入の翌日から堂々とサボってるのか。

ともかく京子は、それ以上追及する気はなくなったのか、やれやれとばかりに溜息を吐《つ》いた。

「……はぁ、まあいいわ。なんか事情があるんだと思っといてあげる。この写真については誰にも言ってないし……まあ、他に気付いた人がいたら知らないけど」

「一応、何のことやらさっっっぱりわかんないんだけど……恩に着ます、京子様」

あたしは京子に深々と頭《こうべ》を垂れた。

●

「……あ、先輩」

廊下でばったり、先輩に出くわした。

「あ、ああ……こんにちは」

先輩はこっちに気付いた途端《とたん》……何だかあからさまに気まずそうに目を逸らす。

……え、なに？　あたし何か――

「その……まあ、ああいう趣味も悪くはないんじゃないかな」

「……へ？」

「瑠奈ちゃんならああいった格好も似合うと思うし……」

言いにくそうに言葉を選ぶ様子を見て、あたしは顔から血の気が引いていく。

「ただ、その……それを学校にまで持ち込むのは感心しない。自分の家か、そういったイベントの専用スペースでだけ楽しまないと。何事も節度は必要だ」

先輩がそっち方面に妙に詳しくなりつつあるのは、間違いなく兄の悪影響だろう。

いや、今はそんなことより――

「何箇所も貼ってあるみたいだけど、ちゃんと持って帰るようにね。それじゃ」

軽く手を挙げ、そそくさと歩いていく先輩。

「あ、ちょ――」

呼び止める暇もなかった。

その背中が角を曲がって見えなくなるのを呆然と見送るしかないあたし。

確実に、見られた。よりにもよって、先輩に。

――どうしてこうなっちゃうのよ？　あたしが何か悪いことした？

虚無感《きょむかん》に、涙さえ出てこない。あたしはただ焦点の定まらない瞳で立ち尽くす。

……と、今しがた先輩が去っていった階段から緑色の人影が降りてきた。

「……あ、フューネ……」

なんだ、さっき京子はサボってるって言ってたけど、ちゃんと来てるんじゃない。

まあ、魔族のフューネは真面目に授業に出る必要も別にないんだろうけど……と言うか、フューネって普段どこにいるんだろう。

「何をしているんだ？」

現実逃避気味にどうでもいいことを考えていたあたしにフューネが尋ねる。

「うん、何でもないの。ちょっと世の不条理を――」

言いかけたあたしの視界に、不意に見覚えのある……しかしどう考えてもそぐわないものが紛れ込んだ。

廊下の向こう、あたしが今いる場所からほぼ校舎の反対側に位置する階段に、背の低い金髪の後ろ姿が見えたのだ。

「あれは……」

ほんの一瞬だったけど……小学生程度の背丈の、短く切り揃えられた金の髪。あれはどう考えても——ヴォラク？

「どうした？」

「……ううん、なんでもない」

気のせい……じゃ、ないとは思うけど。なんでまた学校に……？

生返事を返したあたしは、結局それ以上考えることはせず、フューネに別れを告げて教室へ戻った。

●

放課後。

「あー、もーやだ……」

あたしは校内を歩きながら、溜息を吐いた。

一階の廊下の掲示板に、またも目的のものを発見する。

あたしは腰を屈めて、写真を留めてある画鋲《がびょう》を抜いていく。

それにしても、さっきからこうして回収して回ってて、一つ気になったんだけど……やけに低い位置にばかり貼ってあるのはなぜなのかしら。

とにかく、これでこの校舎内は一通り見回ったはず……各教室の中にまでは貼られてないと願おう。

しかし結局、この動かぬ証拠……写真については、かなりの人数が見てしまったようだ。

確かに、セレンディアナに幻身《げんしん》しても顔はまんまあたしだ。けどそれだけじゃ他人の空似で強引に片付けることだってできる。あの写真がまずいのは、背景がウチであること。

そのことに気付いたのは、今のところ京子だけらしい。まあ、あたしの家に来たことがあるのなんて、京子か先輩くらいしかいないんだから当たり前だけど。

しかし、生き写しってくらいそっくりな——も何も間違いなく本人なんだけど——あの写真だけで、すでに〝あたし＝魔法少女の敵〟の疑惑は広まりきってしまったみたいだ。

生徒の中に、昨夜の騒ぎを生で見た人がいたらしいのも、どうやら要因のひとつ。

決定的な証拠は京子が胸の内に留めておいてくれた。だけど、そんなものさえ必要ないくらいに、もはや噂と憶測は拡散してしまっている。

明日からどんな顔して学校来ればいいのよ……。

嘆息《たんそく》しつつ、あたしは下駄箱を開ける。脱いだ上履きを突っ込み、革靴を取り出そうとしたところで初めて、あたしはそれの存在に気がついた。

四角形の白いものが、靴の上に乗っかっていたのだ。持ち上げてみると、それは薄い紙製の……要するに、封筒だった。

表裏を確認してみても、何も書かれている様子はなかった。ただ、ここに入れられていたってことは、あたしに宛てたものであることは間違いない。

――刹那《せつな》、あたしの脳裏に電撃が走る。

これって、まさか……!!

あたしの指が、焦りながらも慎重に封を開けていく。

しかし中には、予想に反して手紙の類が入ってる様子はなく、ただ一枚だけ――骸骨《がいこつ》の描かれたカードが出てきた。

「……何の嫌がらせじゃあ――――ッ!?」

期待を完膚《かんぷ》なきまでに打ち砕かれたあたしの心の叫びが、吹き抜けの玄関に木霊《こだま》する。

思わず握りつぶしてしまっていた封筒をもう一度念入りに確認してみる。しかし他に何か同封されているわけでもなく、差出人の名前すら見当たらない。

……もしかして、例の噂を信じ込んだ奴からの不幸の手紙？　にしては随分と遠回しなように思える。カミソリとか爆弾とか、物理的にイタいのが入れられてもそれはそれで困るんだけど。

と、ようやく冷静さを取り戻し始めていたせいだろうか。ある勘違いに気付いたあたしは、中に入ってたカードの絵柄をよく観察してみた。

やっぱりだ。それは骸骨って言うよりもむしろ――

「死神……？」

黒いフードをかぶった骸骨。その手は、巨大な鎌を握っている。

やっぱり間違いない。これ、死神の絵だ。

不吉なのは変わりない。けど、それを念頭に置いてみれば思い当たるものがあった。

「これってもしかして、タロットカード？」

タロット……よく占いとかに使われるカード。確かその中には、死神を表すカードもあったはずだ。まあ、これ一枚だけをわざわざ送りつける意味って……結局は、ロクなメッセージが籠《こ》められてるとは思えないけど。

そう、普通なら。

けど……死神に、鎌。

どうにも、ある事柄に結びつくような気がしてならない。

死神のイラストの下には、『XIII』の文字。ただそれだけしか書いてないはずなのに、あたしの口からはなぜか――

「ドライ、ツエン――」

誰かに引き出されたかのように、自然とそんな言葉が漏《も》れる。

と、その直後。

カードが燃え上がった。

「――ぬおわなっ!?　ななにっ!?　なんなの!?」

あたしの手の中でカードがものすごい勢いで紫色の炎に包まれて燃えていく。

そして辺りにはどこからともなく、ケタケタともヌハハハともつかない笑い声のようなものが響き渡る。

「にゃ――――ッ!?」

たまらずカードを放り出し、頭を抱えてうずくまる。

いや実際、ここまで来ればどっかで気付いていた……アレの関係だと。

だけど怖いもんは怖い。

気が触れたような哄笑《こうしょう》が収まると同時に、床に落ちたはずの死神のカードも灰さえ残さずにかき消えていた。

「…………何の嫌がらせなのよ…………？」

あたしは半泣きで改めて呟いた。

●

「……で、どう思う？」

床に広げた一通の手紙を囲んで、あたしとオロは考え込んでいた。

さっき下駄箱に入っていた手紙……ではない。あの封筒はやぶって学校のトイレのゴミ箱に捨ててきた。カード自体も燃え尽きちゃったから、あたしの手元にあの手紙に関するものはもう残ってない。

今議題になっているのは、帰宅したあたしが郵便受けに入ってるのを見つけた手紙。やはり宛名しか書かれていない封筒の中からは、一枚のメモと、何枚かの写真が出てきた。

それは朝、京子が見せてくれたものと明らかに同じショットだった……つまり、あたしの幻身中の写真だ。

そして、写真に添えられていたメモには――

「おそらく罠でしょうな。セレンディアナの正体をバラすと言って脅迫し、瑠奈さんをおびき寄せ始末する——陳腐《ちんぷ》な手ですわ」

……やっぱそうよね……。

あたしはオロの推測に同意の溜息を漏らす。

この写真のデータを持っている。返して欲しくば今夜、外人墓地まで来い。

書かれていたメッセージを要約すると、こういうことだった。

そんなわけで、今は会議中。

目下の議題は、この差出人が誰かってことなんだけど……。

「こんな写真を手に入れることができる人間なんて、そう多くはないはずよ。それにこれと同じものが、朝の段階で学校の掲示板とかにもバラ撒《ま》かれてたのよね」

要するに、犯人はあたしにかなり近しい人間、それも貼り出された場所からして学校関係のセンが濃い。

……現状、容疑者は三人いる。

一人は言うまでもなく、この写真を撮ったであろう本人。つまり……兄ちゃんだ。

この写真には、幻身中のあたしと、背景としてあたしの家の中が写っている。これはおそらく、あたしが初めてセレンディアナになった日の夜に撮られたもの。

そしてそんな写真を撮るチャンスがあるのは、そんなデータを持っているのは……真っ先に上がるのが、あのバカ兄だ。

その兄は、なぜか今日はまだ家に帰ってきていない。

まったく疑っていないと言えば嘘になる。けど、信じたくないのも事実だった。第一、兄がそんなことをする理由がない。

例えば仮に、もしもだけど、兄が実は神族だったとかそんな展開だとするなら、この数日一緒に暮らしていたオロが気付かないはずはない。だからあくまで、写真を入手することができる存在という意味での容疑者。

そして次に、陽守比菜。

今現在、彼女はあたしたちの敵だ。

ただ、今日の学校での様子からすると、向こうもあたしに事情を問い詰めるつもりだったみたいだし……果たして、先手を取ってそんな真似をするだろうか？

そもそも、もし陽守があたしとの戦いを望むなら、何のことはない。脅迫状なんかじゃなく果たし状を送りつければいい。それこそ今日の屋上で決着をつければ済んでた話だ。それをせずわざわざこんなことをするのはいまいち釈然《しゃくぜん》としない。

それからもう一人、今度は単純に怪しい相手。それが——

「……やっぱり、あたしはヴォラクが怪しいと思うわ」

「ヴォラクが……？　まだそんなこと言っとるんですか」

「……いや、逆にどこが怪しくないのよあいつの」

証拠だとか動機だとかそういう話じゃない。単にあいつの行動が怪しすぎるだけだ。のらくらと言い逃れつつこの世界に留まり、いきなりあたしを待ち伏せて意味深な忠告をしてきたかと思えば、さっきもチラチラと姿だけ見せてみたり——

……とは言え、わざわざ魔族同士で仲間割れする理由ってのも、ぱっとは思いつかないけど。

「まあ、誰が犯人だとしても……証拠も動機もない以上、これ以上考えてもどうしようもないわね」

脅迫状があたしをおびき出すことを目的としているらしい以上、真っ先に疑うべきはやはり神族なんだけど……容疑者が絞りきれない以上、指定された場所に出向いて確かめるのが一番単純かつ手っ取り早い。

しかしその案には難色を示すオロ。

「本来なら行くんは避けるべきです。正体がバレたところでセレンディアナとしては特に不都合なんてありませんしな。危険を冒《おか》してまで回収することはありません」

「……不都合はないわけじゃないわよ。あんな噂が広まったら、あたしの生活ムチャクチャになっちゃうわ」

「そう、向こうもそれをわかっとるっちゅうことですわ。犯人は瑠奈さんの心理を理解しとる奴ってことになりますな」

しかしだからと言って、何の準備もなくホイホイ出向いていくほどあたしも馬鹿じゃない。

……そんな感じで、結局は堂々巡りだった。

とにかく、まずは一番身近な元凶……兄に話を聞いてみないことには始まらない。

しかし、こんな時に限って何でこんなに帰りが遅いのよ……ますます怪しくなってきちゃうじゃない。

まあ、生徒会の仕事か何かで居残っているという可能性もなくはない。もう少し、待ってみよう。

ソファに仰向けに転がって、あたしはぼんやりと天井を——

●

暗い部屋の中、あたしは考えていた。

あたしは、あたしの生活を守りたい。

陽守は、人間と、この世界を守りたい。

オロは、魔族の世界を守らなければならない。

三者三様。

それはそのまま、このジレンマに解決の妥協点がないということでもある。

それぞれの立場の思いが交錯《こうさく》して、あたしたちを戦いの渦に巻き込んでいる。

——ふと。

眠りに落ちる寸前のたゆたう思考のせいだろうか。

本当にそうなのか。

なぜ、あたしたちは戦うのか。

オロも言っていた。何か裏がある、と。

あたしたちが、何か糸のようなもので結びつけられているような——

そんな感覚を覚えたけど。

すぐに意識は沈んでいく。

●

「——瑠奈さん！　起きてください瑠奈さん！」

オロの声と、体を揺さぶられる感触。

何かこのパターン、前にもあった気がする……。

「……によ、もう……」

眠りを妨害された苛立《いらだ》ちに唸りながら、体を起こすあたし。

窓の外はまだ暗い……この暗さからして、まだ夜中？

「大変なんです！　お兄さんが――」

……兄ちゃん？　兄がどうしたって……？

「ほれ、さっさと起きて窓の外見てください！」

言われるままに身体を起こす。どうやら、ソファで眠ってしまっていたらしい。

窓際まで歩いていく。ガラス越しに見える外の景色、その中に動くもの……人影が一つだけあった。

うまく瞼《まぶた》が持ち上がらない目で、何とかピントを合わせると――

「……あれは……兄ちゃん？」

マンションの前の道路を歩いていく後ろ姿。見慣れたそれは、この距離からでもはっきりと識別できる。

「ついさっき、こっそり家を出てったんですわ」

とオロ。こんな時間に、一体何の――

「……そうだ、時間！　今何時⁉」

時計を見る。目を凝らすと、針は一時半を指していた。真夜中だ。

確か……そう、兄の帰りを待つつもりで、ソファで休んでて……そのまま、寝ちゃったんだ。

兄が帰ってきてたことにすら気付かないなんて。自分の迂闊《うかつ》さに舌打ちした。

ともかく、外の人影に目を戻す。

ここから歩いていくとすれば……ちょうど例の脅迫状の場所に向かうにはいい時間だ。

「まさか……でも、何で兄ちゃんが？」

真っ先に考えられるのは、兄犯人説。だけど、それも何だかおかしい気がする……一つ屋根の下にいる相手を、わざわざそんな遠くに呼び出してどうする？

考えたところで、結局わかるわけでもない。

……とにかく、追ってみるしかないか。

あたしは頭を振って眠気を飛ばすと、ステッキと携帯を手に部屋を飛び出した。

●

「……大体、なんでこんな場所指定してきたのよ」

辺りを風の音だけが吹いて抜ける。

『死神の化身を宿しとるアンタが墓場怖がってどうしますん』

あたしを先導するように飛ぶオロ。

結局、あたしが外に出るまでの間に、兄の姿は見失ってしまった。とは言え向かう先はここ以外に考えられない……それに、下手《へた》に追いついてしまえば却《かえ》って警戒させてしまうかもしれない。

指定された外人墓地の敷地は、結構な広さに加えてかなり高低差がある。

手紙の指示にあった場所は墓地の中でもひときわ低い、かなり奥まった場所だった。

人目を避けるには確かに絶好だけど、だとしてももうちょっとどこかなかったのか。

……それとも「ここを貴様の墓にしてやる」的な意味合いを込めてのチョイスなんだろうか。

及び腰のあたしには構わず、オロは林立する墓標の群れの間を抜けて進む。恐々《こわごわ》とその後をついていくと、樹木に囲まれた一角に入り込んだ……どうやら、その辺りが指定のポイントらしい。

真夜中、街灯なんてあるはずもない墓地の中でも、ひときわ鬱蒼《うっそう》とした場所。夜目の利《き》くセレンディアナに幻身していなければ歩くことさえ難しそうなそんな場所に、あたしはそれを見つける。

「……あれは……」

人影だ。墓に紛れるように佇《たたず》んでいたその人物は、こちらの近付く足音に気付いたのか、手にした懐中電灯を点けてこちらに向け——

「なんだ、瑠奈。どうしてこんなところに？」

聞こえてくる声は、やはり兄のものだった……その言葉、そっくりそのまま返したい気分だ。

しかし、それはできなかった。

声が、出ないのだ。

背筋がざわつく。

タイミングを見計らったように雲が晴れ、月が顔を覗《のぞ》かせる。その薄明かりが墓地から闇を取り払い、おぼろげながらも彼らの姿を照らし出す。

そこに立っていたのは、見慣れた普段着の兄の姿……と、もう一人——

流れるような長い髪を風に揺らす女性。修道服の類だろうか、足元まで身体を覆《おお》うワンピースに身を包み、清らかで慈《いつく》しみすら秘めた微笑みを浮かべた顔……オロの反応を見るまでもなかった。

身体を強張《こわば》らせる。半歩だけ右足を引き、一切の油断を取り去ってから擦れた声で尋《たず》ねる。

「……兄ちゃんこそ、なんでこんなとこにいんのよ」

「お兄ちゃんと呼びなさい」

「いーから。そいつが何者かわかってんの!?」

語気を強めたあたしの剣幕にも動じず、兄は「当然だろう」と前置きして眼鏡《めがね》を指で押し上げる。いや、そういうのどーでもいいから。

そしてもう一方の手で彼女を指し、

「彼女はガブリエルたん。天使だそうだぞ」

と紹介した——って、えぇぇ!?

そこまでは予想していなかったあたしたちは、さすがに驚いてしまう。

『ガブリエル……！　天使ん中でもトップクラスの大物やないですか』

オロも擦れた声でつぶやく。あたしでもその名前は知っている。天使の名前をいくつか挙げろと言われたら、ほぼ真っ先に出てくるくらいに有名だ。

本当にそんな奴が……？　って言うか何でその大天使様が夜の墓場でうちの兄ちゃんと一緒に!?

訳がわからなかった。あるはずがないという思いを裏切られたあたしは、涼しい顔で天使と並ぶ兄に詰め寄った。

「とにかくっ！　そいつが神族だってわかってて、なんで協力なんか——」

「協力？　何を言っているんだ、瑠奈」

あたしの言葉を遮る兄。再び眼鏡に手を当てながら——

「俺は商談に来たんだ。彼女が瑠奈の写真を買い取りたいと熱心に」

きゅぽっ。

あたしが撃ち出した炎の球に包まれる兄。

視線は炭化した元肉親から天使……ガブリエルへと。

「──事情はよくわかんないけど、とにかく写真を渡してもらいましょうか」

それまで一言も口を開かなかった天使は、その顔にたおやかな笑顔を浮かべて──

「ふふっ、あははは……まったく、これだから霊族は面白いわ」

直後ガブリエルの手は、彼女の持つＣＤケース諸共、激しく燃え上がった。

「え……？」

呆気に取られるあたしの目の前で、その華奢《きやしゃ》な体が、周囲の空間が、不意に滲《にじ》むように不明瞭に霞《かす》む。

『まさかこんなモノのために本当にやってくるなんてね。彼の言う通り……さぁ、お祈りは済ませてきたかしら。まだなら早くなさい』

気付けば、そこには修道服姿のシスターなど存在しなかった。

いつ姿を変えたのかもわからない。まるでずっとそこにあったにもかかわらず気付いていなかったかのように鎮座《ちんざ》する──異形《いぎよう》。

あたしは周囲の木ほどもあるそれを見上げ、言葉を失くしていた。

こいつが……こんなのが天使だって言うの？

大きな白い羽を広げているところは、確かに天使としての面影《おもかげ》を見て取れなくもない。だけど……下半身は形容しがたいの一言。

獣《けもの》と言うにはずんぐりとしている。足がどこなのか——そもそも足があるのか——も判然とせず、どちらかと言えばそのフォルムは有機的な戦車と言った方が近いかもしれない。ただ、その材質は皮膚《ひふ》でも鋼鉄《こうてつ》でもない。

そして、辛うじて人型を留める上半身の背後から湧き出るように……ぬめりのたくる無数の触手。

……正真正銘、天下一品のバケモノだった。

「あんたちっとは聖《せい》なるものとして自覚持ったカッコしなさいよ……！」

苦々しく吐き捨てるあたしに、天使の触手が応えてきた。

「〈死鎌《しれん》オルクスタロン〉っ！」

飛びかかるように伸びてきた複数の蠢《うごめ》くそれを、一太刀のもとに刈り取る。ぼたぼたと気色の悪い液体をまき散らしながら落ちる触手を踏まないように、あたしは異形の天使へ向かって走り寄る。

その間も、墓場を埋め尽くす勢いで迫り来る触手の群れ。再び鎌を振るい、それらを散らしていく。

「……うえっ、なにこれ」

あたしに切られて地に落ちた触手。トカゲの尻尾みたいなそれらは未《いま》だにびくびくと蠕動《ぜんどう》しながら……まるで別個の意思を持つ生物のように、しつこくあたしに絡みつこうとしてくる。おまけに断面から、より細い触手を何本も生み出してるから始末が悪い。

辺りはあっという間に大小様々な触手に覆い尽くされてしまった。ぐじゅぐじゅと粘性の音が絶えず四方から聞こえてきて気持ち悪いったらない。

それらすべてが、あたしの脚と言わず手と言わず絡め取ろうとのたくってくる。

――ええい鬱陶《うっとう》しいっ！

あたしは鎌を大きく背後まで引く。腰を捻って限界まで引き絞ったそれを、一気に水平に薙《な》ぎ払《はら》った。

鎌自体の重量と遠心力に任せ、あたしは体をそのまま一回転させる。円を描いて走る刃――そこから、黒い風が迸る。

刹那の間も置かず、風が膨れ上がった。あたしを中心に風が渦を巻き、立ち昇る。光を遮る黒い竜巻は、触れた端から辺りの触手を切り散らしていく。風刃はひとしきり旋回すると、徐々にほどけるようにその範囲を広げながらつむじ風となって消えていく。

――見えたっ！

触手の群れがちぎれて、つけ入る隙のできた空間。その先にはガブリエルの本体が覗いていた。

あたしは身を屈めた姿勢で鎌を後ろに振りかぶり、突破口へ飛び込んでいく。

触手の包囲網を抜け出ると、あたしと天使の間を遮るものは何もない。

敵も急いで何本かの触手を引き戻そうとするけど、構うことはない。あたしは地面を踏み切り、天使の上半身へと——

「っ⁉」

突然、脚——踏み切ろうとした右脚から力が抜ける。一瞬遅れて鋭い痛み。あたしはバランスを崩して派手《はで》に転倒した。

一体、何が——

意識が逸れたその一瞬。あたしは別方向から触手の一撃を食らって吹き飛ばされた。

背中から激突して止まる。あたしの身体を乱暴に受け止めたのは、辺りに無数に林立する石の十字架のひとつだった。

「うぐっ……‼」

墓標にもたれかかりながら呻《うめ》く。

最初に痛みを感じた右足を見る……いつの間にか、太腿《ふともも》のあたりに何かが食い込むように刺さっていた。

なにこれ……⁉

慌ててそれを摑んで抜き取りにかかる。

「あぐぅっ……!!」

余程深く刺さっているのか、渾身《こんしん》の力を込めて引くと、ずるりという感触と同時に気絶しそうになるほどの激痛が神経を灼《や》く。

目の中に火花が散るかのような痛みを奥歯が砕けんばかりに食い縛って耐え、なおも力を入れる。やがてそれは噴水のような鮮血を伴って、あたしの体内から抜けた。

それはあたしの血で汚れてはいたけど、白く鋭い刃物状の物体……形の印象としては、忍者の使うクナイに近い。

苛立ちとともに投げ捨てて、息を整える……しかし、状況は最悪だった。

「ひっ……」

思わず声が漏れてしまう。墓地の一角を埋め尽くす触手の群れは、本能的な嫌悪感を誘うには充分すぎる気味の悪さだった。

それらが、一斉に襲いかかってきた。

まず動かない脚を絡め取られた。武器を喚《よ》び出《だ》す間もなく、腕も。

「この、離しなさいっての……!!」

四方から引っ張りだこにされるように、身体が宙に持ち上げられる。刃物で切り散らすにはそれほど苦労しないそれも、力は思いの外強い。全身でもがいても、抜け出せはしなかった。

「瑠奈……！」

下──地上から、兄の声が聞こえた。唯一自由な首を回して見れば、触手の塊《かたまり》から少し離れたところで兄があたしを見上げていた──カメラを構えて。

「あ、右足もうちょっと広げてくれ」

兄の声に応えて、触手があたしの股を見やすいように広げてくれる。フラッシュが真夜中の墓地を瞬間的に照らす。

「ガブリエル、もっと細い触手でこう、胸とかを重点的にだな──」

「あんたはどっちの味方だ──ッ!!」

怒りと羞恥《しゅうち》による馬鹿力で、あたしは右手を兄に向けて突き出す。その掌《てのひら》から迸《ほとばし》った魔力弾が、狙い違《たが》わず兄を吹き飛ばしついでに右手を絡め取る触手も蒸発させていた。

すかさずその手に刀を喚び出して、四肢を捕らえる触手を切断していく。

ようやく自由を取り戻して地面に降り立つと、いつの間にか足の傷も塞がっていた。もう問題なく動かせる。

再び鎌を喚び出して構え、再び天使と対峙《たいじ》する。

触手自体はそれほど脅威《きょうい》ってわけでもない。ただ、さっきのクナイ……あれが一体どこから飛んできたのかがまったく見えなかった。油断はできない。

あたしが攻めあぐねていると、ガブリエルの腕が無造作に動いた。人の形の上半身が、その両腕を胸の前にかざす。そこに神力が集まり、出来上がったのは……一抱え以上もある光球。

脊髄を直《じか》に撫でられるような、本能的な予感と悪寒。あたしはそれに突き動かされるままに術を編んだ。あたしの目の前に防御陣が淡い輝きを灯して現れる。しかし――ガブリエルの造り出したエネルギーの塊から巣立つように、いくつもの小さな光が飛び出す――一瞬の後、鋼鉄のような光が四方八方からあたしに群がった。

雨のように降り注ぐ光の帯。防御壁も無意味なほどに、全方位からの集中砲火があたしを苛《さいな》む。

「くぁっ！」

服が、皮膚が焼ける。

腕で顔を庇《かば》うのが精一杯だった。逃げることすらできず、あたしはひたすらに着弾の衝撃に耐える。

そんな状況じゃ、それに気付くことなんてできなかった。

大きく薙ぎ払うような触手の一薙ぎが、あたしの身体を力任せに殴りつけた。地面とほとんど水平に、十メートル以上の距離を弾き飛ばされる。

四《よ》つん這《ば》いになりながらも、あたしは何とか身体を地面に繋ぎ止めた。けど――

顔を上げた正面には異形の天使。墓石も木も、遮る物は何もない。

天使の上体が、喝采を求めるかのように腕を広げる。それに応じるように、光がガブリエルの眼前に集まっていく。

光球の大きさはさっきの比ではない。その膨大なエネルギーを、ガブリエルは今にも解き放たんとしている——しかし、あたしの身体は動いてくれない。

そんな……これで終わり……？

絶望に、唇を噛むしかなかった。

全身の力が抜け、体を起こすことさえできない。俯いたその視線の先で——

ボコボコと、地面が蠢く。

土から何かが飛び出す。そのままソレは這い出してきた。

あたしの喉から、間の抜けた……しかし若干の嫌悪も混じった声が、思わず漏れる。

「うげ……なに、これ……？」

骸骨。

あたしの視界を遮るように、目と鼻の先で数体の人骨が硬い音を響かせて立ち上がっていた——その直後、それらは光に包まれた。

それがガブリエルの攻撃だと……そしてあの骸骨たちが、あたしの壁になってくれたのだとようやく理解した。見ればその間にも、あちこちの土が、墓石が盛り上がり、白い骨が顔を覗かせる。

『なるほど、ここは——』

地面に這いつくばったままのあたしの元へ飛んできたオロが、得心したように呟いた。

ここに埋葬され、白骨化した遺体なんだろう。骨だけになったそれが、自ら立ち上がり、危なげな足取りで歩いている。安っぽいホラー映画なんかで見られる光景だ。

しかし、スケルトンたちの向かう先はあたしではなかった。

『何なの、こいつらは……』

天使が困惑の声を漏らす。

骸骨の虚《うつ》ろな眼窩《がんか》は、揃ってガブリエルの方へ向いていた。

苛立ちの混じった声を上げる天使。じわじわと詰め寄ってくるスケルトンたちを、触手を振るって斬り倒しにかかる。

あたしに加勢してる……？

でも、何で急にこんなのが——

「——ぼさっとするな。セレンディアナ」

不意に、上から響いてきた。この声……！

「フューネ……！」

ひときわ高い、塔のような記念碑の上。そこに彼の姿があった。

やっぱり、来てくれた。あたしがピンチになったとき、彼は決まって現れる。

「これ……あなたが……？」

問いかけるあたし。あくまで無愛想に、フューネは頷く。

「ああ。俺の能力は〈死霊使い《ネクロマティック》〉……ここでなら存分に発揮できる」

外人墓地。なるほど、ゾンビやスケルトンを扱う能力にはうってつけと言っていいロケーションだ。

だけど――

『こんなゴミ、いくつ出てきたところで……！』

武器も持たないスケルトンをいくら呼び起こしたって、天使には何のダメージも与えられない。現に、緩慢《かんまん》な動作で天使に迫る骸骨は、ことごとく触手に薙ぎ倒されていた。

「――だが、時間稼ぎにはなる」

フューネの言う通りだった。

天使の触手が同時に五体のスケルトンを切り散らせば、その間にも十体の白骨が這い出てくる。さらに倒された骨も瞬く間に再び組み上がり、人の形を取り戻してガブリエルへと迫り行く。

いつの間にか、ガブリエルの周囲には数十ものスケルトンが群がっていた。

「早くしろ、セレンディアナ。お前はすでに、新たな力を手にしているんだろう」

言われて目を落とす。見れば、衝撃で勝手に動作してしまったのか、腰のバックルは変形操作後の状態になっていた。細い溝が何かを待ち構えているかのようにじっと口を開いている。

だけど、使い方はまだわからないまま。

――ん？

そこで初めてあたしは気付いた。

このスリットに対応しそうなものは限られる。差し込めるとすればごく薄い何か――

そう、薄い……例えば。

そうだ。

きっと。

あたしは立ち上がる。傷も痛みも、いつの間にか消えていた。

す、と右手を前に差し出す。

あたしは――

「〈XIII《ドライツエン》〉っ!!」

あたしは高らかに、その名を喚んだ。

指先に、見覚えのある炎が灯る。

まるでビデオの逆再生を見ているような気分だった。紫色に燃え盛る炎から吐き出されるように、あの時とは正反対に、一枚のカードが徐々にその形を取り戻していく。

揃えて伸ばした右手の人差し指と中指。そこに挟まれるように——『XIII《ドライツェン》』のカードが現れていた。

あたしは空《あ》いた左手を腰に伸ばして添え、右手で勢いよくカードをスロットに差し込んだ。

そして、バックルを閉じる。

『——《Sudden death《サドンデス》》』

これ以上ないくらい低い、不気味な声が響いた。

●

死とは、こんなにも力強いものなんだろうか。

死とは、こんなにも眩《まぶ》しいものなんだろうか。

死とは——これほどまでに、希望に満ち満ちたものなんだろうか。

あたしの中の狂気が驚喜し、月の光を存分に蓄え、耀《かがや》く。

あたしの中で死神が嗤《わら》い、収穫の喜びに震える。

あたしが死に、死が生まれる。あたしは死。すべての死と命があたしの前に跪《ひざまず》くかのような高揚感が、あたしを苛む。

――今のあたしに、死なせられないものなどあるんだろうか。

瞼《まぶた》を持ち上げる。

破れてぼろぼろになったマントのような黒が、あたしを取り囲むように纏《まと》わりついてくる。

血と闇に塗《まみ》れた光が絶えず湧き出し、身体の到るところから黒い炎となって立ち昇る。

気付けば、あたしは地面に立ってはいなかった。

相手と視線の高さを合わせるように、宙に浮いたまま静止している。不安定さは微塵も感じない。

あたしは両手を――手にしたそれを高く掲げる。

血の涙を流し続ける、朱く濡れた大鎌。

あたしにはわかる。これが〈血涙天令《ザラキエル》〉の真の姿というよりも、あたしと〈血涙天令《ザラキエル》〉が同化しているのだ。

さらなる血を求めるその刃を、天使へと。

『その姿……なるほど。ザラキエルまで取り込んでしまったのね。小癪《こしやく》な』

ザラキエル——あたしのこの武器は、その名を冠した天使そのものを武器の形に変化させて召喚しているらしい。

目の前の大天使と彼の間に面識があったのかはわからないけど……きっと、彼も今こう言いたいはずだ。

シンプルな、その言葉。

「——殺す」

あたしは翔《か》けた。

背に纏わりつく黒い何かがたなびいて、一対の翼を形作っている。一つ羽ばたくだけで、あたしの身体は一陣の風となる。

神力のレーザーが幾筋も向けられる。しかしそれらは全てあたしの纏う黒に飲み込まれ、消える。

赤い鎌を一振りした。それだけで、襲いかからんと伸びてきた触手のすべてが砕け散る。返す刀を天使の首に振り下ろし——

鋼が鋼を打撃する音。あたしの鎌はその太刀筋の半ばで止まった。

いつの間にか、ガブリエルの腕には巨大な剣が握られている。その無骨な刃が、あたしの赤い鎌を受け止めていた。

ガブリエルが大きく剣を振るう。あたしと鍔迫《つばぜ》り合《あ》いをしていることなど意にも介していないかのような、無理矢理あたしを叩き斬らんばかりの力任せの一撃。

体を開いてかわしたものの、天使の大剣は振り切られる前に一八〇度進路を変え、再び迫ってくる。見た目から予想される重量などまるで無視した、現実感の希薄な動きだった。

左手を掲げ、その掌の寸前に防御陣を描き出す。陣が大剣を食い止めた隙にあたしも鎌を振るう。しかしやはり、あたしの斬撃はあり得ない動きでねじ込まれた剣の腹と衝突するに留まる。

「ちっ――!!」

一度大きく距離を取る。

触手はあらかた切り落とし、神術もほぼ無効化できる。ひとまずはあの剣にさえ注意していれば大丈夫だけど……それだけでも十二分に厄介だ。

〈血涙天令《ザラキエル》〉でさえ弾かれてしまう剛性。おまけにあれだけバカでかいくせに、恐ろしく速い……!

『熱くなったらあきません、セレンディアナ！　そいつの剣は幻影……まともに打ち合おうとしても無駄です！』

オロにたしなめられ、あたしは冷静さを取り戻す。

「幻影……!?」

そうか……いくら神の力とは言え、あんなムチャな武器が作り出せるとは思えない。

あの巨大な剣は、現実には存在しない幻。

それなら――!!

あたしは目を閉じた。

『そうです。目で見ようとするんやなく、ヤツの気を感じるんです』

オロの声に従い、あたしは気配を探る。

前方。感じるのは、さっきまでの絶対的な威圧感とは比較にならない、小さく、弱く
……そして焦りをまとった神気。

そうだ。今のあたしにとっては、大天使ですらただ刈られるのを待つ哀れな魂でしかない。

その矮小《わいしょう》な気配の流れが……変わった。

――今ッ!!

「はッ!!」

一直線に翔け抜けるあたし。迎え撃つガブリエル。

二人の軀《からだ》と刃が交錯し、別れる。

――静寂が訪れた。

鎌を振り切ったままの体勢で、あたしは——瞳を開く。

『……馬鹿な……人間、ごとき……に……!?』

背後からは、ガブリエルの苦悶の声。そしてそれが、最期の言葉となった。

ガラン、と音を立てて、彼女の大剣が地に落ちる。

……え？　ガラン……？

一抹《いちまつ》の違和感に眉をひそめる間もなく、あたしの足元からも何かの落ちる音。

恐る恐る視線を下に向けると、そこには草の上に転がる……あたしの腕。

「……ううううで腕落ちたぁ——っ!?」

ななな、なにこれ!?　今のどう考えてもあたしが勝ちのパターンじゃないの!?

うろたえまくるあたしに、オロが気の抜けた声をかけてくる。

『大丈夫ですって、拾ってくっつけときゃ治りますがな』

「そーいう問題か——っ!!　何が幻影よ思いっ切りぶった斬られてんじゃないッ!?」

『ほらあれですな、肉を切らせて骨を断つにはまず味方から、みたいな』

「味方の骨まで一刀両断さすなぁ——ッ!!」

はーはー言いながらも左肩をよく見ると、腕があったはずの切断面からは血が出たりしてる様子はなく、ただ黒い霞《かすみ》のようなものが蠢くのみ。

慌てて着地、拾い上げた左腕の断面を合わせて押しつけてると、次第に感覚が戻ってきた。試しに指を動かしてみる。一応ちゃんとくっついたみたいだ。

……あたしの体って今どういう状態になってんだろ……？

『はっはっは。まるで瑠奈さんの好きなアニメみたいですな』

暢気《のんき》に笑うオロをとりあえず睨みつけて黙らせる。

ともあれ無事五体満足に戻って息を整えていると、気が抜けたからだろうか、幻身が解けてあたしは制服へと戻ってしまった。

やれやれと一つ息を吐く。

……見渡してみれば、墓地にはいくつかの戦闘の傷跡以外にも、地面に空《あ》いた無数の穴と、術が解けて崩れ落ちた夥《おびただ》しい数の人骨が散乱している。

これ、傍から見るとあたしが大規模な墓荒らしみたいに思われないかしら……？

まあ、今さら気にしても仕方ない。安らかに眠ってた皆様には申し訳ないけど、誰かに見つからないうちにさっさと退散しよう。

あたしは立ち上がり、改めて何とか片がついたことに安堵する。人間の姿に戻ったオロが、そんなあたしに適当な賞賛を浴びせてきた。

「いやー、大したもんですわ。あんな大物倒してのけるとは」

「……ええ、誰かさんの大嘘のおかげね」

棘《とげ》をたっぷりと乗せて言ってやると、オロは欠片《かけら》も反省の感じられない軽い口調で、

「まあ嘘ついたんは謝りますけど、ああでもせんことには厳しかったでしょ」

と言い訳してきた。

……確かにあれくらい思い切らないと突破口は開けなかったかもしんないけど……

騙《だま》して捨て身の特攻させるのはいかがなもんだろう。相棒として。

「って言うか……あんた昼間、召喚者を騙したりしないとか言ってなかったっけ？」

非難がましく愚痴《ぐち》ってやると、しかしオロはわざとらしく首を捻ってすっとぼける。

「え、ボクがいつ瑠奈さんに召喚されましたん？」

「は？　今さらなにを——」

言いかけて、あたしははたと気付いた。こいつとの馴れ初《なそ》め……それは、偶然足を踏み入れた公園で声をかけられたこと。結局その後もこんな風にパートナーとして一緒に戦っちゃいるけど、別にあたしはオロを喚び出したりとかは——

「ゲーッハッハッハ!!　まんまと引っかかりよりましたなこの瑠奈さんめが!!」

あたしの右が、オロの顔面を陥没させんばかりにめり込んだ。

「……まさか、あの時学校で話してたことも全部嘘とかじゃないわよね」

あたしの疑いの眼差しに、鼻血を垂らしたオロは慌てて否定する。

「いやいや、あれはホンマのことですわ」

「…………今のその言葉すらも実は」

「えー加減にしてください！　どこまで信用ないんですかボクは!!」

しつこく食い下がるあたしに、さすがにムッとした声を上げるオロ。つーか完全に身から出た錆《さび》でしょーが。

と、急にオロが神妙な顔を作る。

「……ところで瑠奈さん」

「吸わないわよ」

先手を取って潰してやると、オロはあからさまにふてくされた声で、

「……端末《たんまつ》とは言え、こんな高位の神族狩れることなんて滅多ないんですよ……？」

ぶつくさ文句を言ってくる。何でこいつはこうも血にこだわるのか。

って言うか——

「端末？　どういうことよ」

あたしが聞くと、オロは指を立てて説明を始める。

「こういうある程度以上の力を持つ連中がたまに使う手です。本体は神界に残したまま、自身の体と力の一部を分身として送り込んで戦わせるっちゅう」

立てられた右手人差し指に、灯りのような魔力の球が生まれる。そこから細胞分裂でもするかのように一回り小さな球が盛り上がると、オロは左の指でそれをすくって引っ張った。親と子は細い糸で繋がったままみょーんと伸びていく。

　要するに、その小さい方が今あたしが倒した部分、ってことだろうけど——

「え……じゃああんだけ苦労して倒したのも、あんまり意味なかったってこと？」

「いやいや。こいつが氷山の一角であることは事実ですが、倒されたのは本体にとっても痛手であることは間違いありませんでしょ。このテ自体、捨て駒っちゅうよりは力が強大すぎて異界への移動が困難なために考え出した苦肉の策って側面も強いですし」

　……わかるようなわかんないような話だけど、まあいいか。あたしとしてはガブリエルの生死そのものに興味があるわけじゃないし。

「……にしても結局、どういうことだったのかしら」

　つい成り行きでバトルに突入しちゃったせいで、あたしは危うくここに来たそもそもの目的を忘れかけていた。

　兄と天使はここで写真の取引をしていたらしい……じゃあ、あたしをここに呼び出したのは結局どっちだったんだろうか？

　ガブリエルは、あたしを見るなり襲いかかってきた。その口振りからは、明確にあたしを待っていたように感じられた。

　脅迫犯はガブリエルなのか……けどそうだとすれば、そもそも何で今ここで兄からデータを受け取ろうとしていたんだろう。学校でバラ撒《ま》いたり、脅迫状に同封したり……それらはすでに写真を手に入れていなければできないことだ。

大体、ガブリエルはせっかく手に入れたデータを燃やしてしまった。つまり、あいつはそもそもデータが欲しくてここに来たわけじゃない……？

もし、目的が取引ではないとしたら。

……そうだ。あたしたちは直前までは呼び出しに応じないつもりでいた。にもかかわらずここへやってきたのは、兄を追ってきたからに他ならない。つまり兄は、あたしを確実にこの場へ誘《おび》き寄《よ》せるための餌だった……？

だとしても結局、何がしたかったんだろう。あれだけの力を持った奴が、なんでわざわざこんな回りくどい手を……？

「あー、何なのよもう」

うまく繋がらない。もっと事情を聞き出してからブチのめすべきだった。せめて他の関係者を吐かせるなりなんなりしとけば――

「……あ」

いるじゃない。関係者。

えーと、確かさっきあの辺に吹っ飛ばして……いたいた。

触手の切り身に埋もれて伸びていたそれ……兄を掘り起こす。襟《えり》を掴んでがくがく揺さぶると、意識を取り戻したようだった。

「ねえ兄ちゃん。正直に答えてくれる？　今のガブリエル以外に、セレンディアナの写真を誰かに渡したことは？」

ほっぺたを幻身ステッキでぺちぺち叩きながら尋問すると、兄はあっさり口を割った。

「ああ、あるぞ」

「……誰に⁉」

「名前は聞かなかったが、外国の少年だ。金髪の」

「……金髪の少年……？」

「うむ、なかなか筋が良くてな。ガブリエルを紹介してくれたのも、その少年だ」

……筋って何よ。兄が誉めるんだからロクな筋じゃなさそうだけど。

とにかく、その少年というのはまず間違いなくヴォラクのことだろう。

思い返してみれば、朝、兄の様子がおかしかったことがあった。確かその時も、ＣＤを持って出かけて——あれが彼に渡ってたってことだろうか。

そうなると、今の今まで兄以外に写真を持っていたのはヴォラクだけとなる。

異様に低い位置にばかり貼られていた写真。なぜか学校に姿を見せていたことも考えると、ひょっとして——

「じゃあ、あの写真や脅迫状はヴォラクが……？」

……でも、あんなことして何がしたかったの？　それに、兄を利用してあたしをガブリエルに襲わせた理由は？

結局、わからないことだらけだ。

あーもう、考えるのめんどくさくなってきた……。

「そうだ、写真と言えば……瑠奈、これを見てくれないか」

犯人探しに飽き始めていたあたしに、兄が差し出してきたもの——デジカメだった。

撮影した写真を確認するモードになっている。あたしはファインダーに表示された写真を覗き込んだ。

二人一組でストレッチをする女子の写真……背中合わせで腕を組み、交互に背負い上げることで背筋を伸ばす体操だ。上になった子の胸が不必要に強調されるポーズ。

「……これをあたしに見せて、どうしたいの？」

「違う、ここだここ。ほら」

兄が指差したのは、写真の端……背景の一部。そこには小さく、人のようなものが二つ写っているように見えなくもない。

「ねえ、ズームできる？」

兄は頷いてボタンを操作する。

「これ、フューネと……陽守？」

特徴のある緑色の髪の男子が向かい合っているのは、間違いない、陽守だ。

「どういうこと？　なんでこの二人が……？」

フューネは言うまでもなく魔族。対して陽守はソルインティ……つまり、神族の味方のはずだ。その二人が何で——？

「次に、これだ。ついさっき撮った写真だが……」

触手に弄《もてあそ》ばれるあたしだった。

「……言っとくけど、後でちゃんと消してもらうからね」

釘を刺しておく。だけどまあ、兄が何を言いたいのかはあたしにもわかっていた。

やはり背景に、人影。

これもまた、フューネだった。

けど、こっちについてはさっきまで確かにいたわけだし、別に彼が写っててもおかしくは——いや。

「これって……」

あたしは気付いた。やはりズームしてみると、写りこんだフューネの手が何かを握っているのが分かる。

白い、菱形《ひしがた》の何か——

「そんな、じゃあさっきのアレは……フューネが？」

ファインダーの中のフューネが手にしているのは、間違いなくさっきあたしの脚を貫いた白い刃だった。

いや、思えば、あたしは昨日もこれを見ている。戦いの最中に、あらぬ方向から飛んでくる白の凶器……ソルインティを背後から襲ったのもこれだった。あの時はてっきり、ミサキが巻き添え覚悟でしかけてきたもんだとばかり思ってたけど——

——でも、なぜ——？

「やはり、奴には何かあるようですな」

オロが、何かを確信したように考え込む。

「なにか……？」

オロは説明を始める。

「今日学校で話しとったとき、比菜さんは、『あの男とはどういう関係か』『何が目的か』と聞いてきましたでしょ」

「……それがどうかしたの？」

「それがおかしいんですわ。まったく知らん奴の情報を得たければ、まず聞くべきは『あいつは何者か』やないですか、普通」

……それはそうかもしれないけど……。

「と言うことは、比菜さんはあの時点でフューネとは面識があった。しかし、ボクらの味方だとは思っとらんかった——」

オロの話に、言わんとしていることに、あたしは何だか怪しい雲行きを感じ取る。

いや、多分あたしだってもうわかってるんだろう。

それを払拭《ふっしょく》しようとするかのように、思わず言葉がこぼれ出た。

「でも……彼は魔族なんでしょ。普通に考えてあたしたちの味方と思わないわけ？」

「普通はそうですな。しかし逆に、魔族であるにもかかわらずボクらの味方やないと思い、加えてあちらと面識がある理由を考えれば……つまり」

つまり――裏切り。

導き出される、当然の結論。それを必死で押し込めながら、あたしはオロに食ってかかる。

「そんな……やめてよ！　だってフューネはあたしを助けてくれて……！」

昨日も、今だって――最終的にあたしを助けてくれたのは、彼だ。

そんなフューネが、あたしたちを裏切ってるなんてこと――！

しかしオロは構わず言い返してくる。

「だからこそ、比菜さんは疑問に思ったんかもしれません。味方のはずの奴が、自分たちの敵である瑠奈さんを助けたから」

――その返し方は、卑怯だ。

……あたしの頭の中で、今日の屋上での会話が否応なしに蘇ってくる。

オロはミサキに、何か含みを持たせるような物言いをしていた。そして、何も言い返さずにいたミサキ……あれは全部、そういうことだったってこと？

　本当なの？　なぜ？　何のために？　頭が混乱して、考えがまとまらない——いや、違う。ただ、認めるのを拒否しているだけだ。

「でも、何でよ……？　神族に味方して、魔族のフューネに何の得があるわけ？　それにもし、フューネが裏切ってたとして、じゃあ何であたしを助けるの？　……フューネは、どっちの味方なのよ？」

　必死なまでのあたしの問いかけ。オロは沈痛な面持ちで、目を逸らす。

「……元々、おかしなところはあったんです。ボクから魔界に連絡を取っとったにもかかわらず、なぜこっちに一言もなしに魔族を送り込んで来たのか……ひょっとすると、ボクらが思う以上に妙なことになっとるのかもしれません」

　それっきり、沈黙が訪れる。

　唇を噛んで俯くあたし。その静寂を破ったのも、やはりオロだった。彼はきっぱりとした声であたしに正面から進言してくる。

「いずれにせよ、ここでぐだぐだ考えとっても仕方ありません。今はとにかく奴を追うべきですわ」

「でも……フューネがどこにいるかなんて、わかるの？」

「奴の居場所そのものはボクにもわかりません。おそらく探知できんよう細工しとるんでしょうな。ただ――」

かぶりを振りながらも、オロはどこか遠くを見通すように視線を空へ向けて、言う。

「例の八咫烏の気配なら感じますわ。もし、ソルインティとフューネが裏で手を組んでるとすれば……」

そっか、一緒にいるかもしれないってわけね。

いつの間にか姿が消えているのも、あたしと天使を戦わせてる隙に、自分は神族と密会しているからと考えれば説明がつく。

――気付けば、あたしの中にフューネへの疑いの心が芽生えはじめている。

確かめずには、いられない。

「考えがあります。とにかくもう一回幻身お願いできますか、瑠奈さん」

言われなくてもそのつもりだ。

さっきまでの死闘の疲れなど、どこかに消えている。

あたしはステッキを手に目を閉じて、幻身の呪文を呟いた。

五章　奇跡よ起これ！　怒りの最終決戦!!

微《かす》かな波の音が途切れることなく続く。

墓地から少し離れた埠頭《ふとう》――寒々しい風が吹き抜けるその一角に、向かい合う二つの人影があった。

小さい方の影が口を開く。

「――セレンディアナの方は？『XIII《ドライツエン》』は先に送り届けておいたんだけど」

まるで小学生みたいな背丈と声。淡い金髪を海風に揺らしているのは、魔族《まぞく》の少年……ヴォラクだった。

彼の言葉に、もう一つの影が頷《うなず》いて答える。

「ちょうど苦戦する程度の相手とぶつけておいた。問題なく、覚醒《かくせい》してくれた」

翠髪緑眼《すいはつりょくがん》。冷たい無表情で腕を組むのは、フューネだ。

「……まったく、手間のかかる人間だよ。『戦うな』って言っておいたのに」

やれやれ、とでも言わんばかりの口調で、少年は頭を掻く。

――最初から、二人は共謀《きょうぼう》してたってことか。

「とにかく、これでセレンディアナは敵と互角以上の力を持つまでになった。これで僕の仕事は終わり……約束、忘れてないよね？」

何事かの念を押すその表情には、外見相応の純朴《じゅんぼく》さなど微塵《みじん》も見受けられない……打算と欲望に満《み》ち溢《あふ》れた邪悪な笑みが、磁器のように白いその顔を歪ませ、皺《しわ》と影を刻み込んでいる。

「わかっている」

対するフューネの表情は、あくまで感情を寄せつけない。

「ならいいけど──しかし、わかんないな。セレンディアナの封印を解いて、強化させるのはともかく……神族《しんぞく》にまでソルインティを使うよう仕向けて、どうするつもり？」

ヴォラクもすべてを聞いてるわけじゃないらしい。つまり首謀者は、あくまでフューネ。

そのフューネはと言えば、相も変わらず腕を組んだまま口元だけをかすかに動かす。

「いずれわかる」

「ま、別に興味もないけどね──そんなことよりも」

ヴォラクは目線だけを、ほんの少し上にずらした。その声は──

「そっちのソレについて説明してくれる？　……なぜ君は、この場に神族なんかを連れてきてるのかな？」

突き放すように冷たい。

フューネは答えない。ただ──ようやく、唇をにんまりと吊り上げて表情を作った。

二人からやや離れたところに、コンテナがいくつも積み上げられている。その一つの上で夜を照らすように翼を休めているのは──三本足の金色のカラス。

ヴォラクの顔が険しくなる。眉をひそめた童顔が湛《たた》えるのは、すでに不信ではなく……敵意。

前触れもなく、その小さな身体が持ち上がる。

彼の下に、異形《いぎょう》の何かが地面から染み出るように出現していた。平面から立体へ、徐々に形を取り戻していく。

ヴォラクはまるで玉座に腰を下ろすように、現れたその何かに体を預ける。

やがて完全に具現《ぐげん》したそれが、低く高い音で咆哮《ほうこう》する。月を仰ぐように吼《ほ》えるその様《さま》を見て、ようやくそれの形状を判別、理解することができた。

二つの頭を持つ竜。おぞましいディテールではあるものの、それはドラゴンだった。

その四つの瞳が、獰猛《どうもう》な殺意を込めてフューネを捉える。

気付けばヴォラク自身の服装も、どこにでもいるような普通の少年の物から、白い布でできた衣に変化していた。その背には、白い翼まで。その容姿と相まってまるで天使のような出で立《いた》ちだ。

完全に戦闘態勢となったヴォラクの姿を見ても、フューネは動じない。それどころかより一層深く唇を笑みの形に歪める。

そして……ただ、右手を上げた。まるで、何かの合図のように。

見えないカーテンをかきわけるように突如姿を現したのは――ソルインティ!

しまった、彼女も隠れてたのか！

「……ヴォラク！　後ろ――」

遅かった。

空中で振り下ろされたソルインティの槍から、光が迸《ほとばし》った。リング状に収束したそれは音もなくヴォラクへ向かって宙を翔《か》ける。

「なっ――!?」

気配まで完全に消し去っていたらしいソルインティの急襲に、ヴォラクは反応することができなかった。

光の戦輪《チャクラム》は、二本の首を切断し、そのまま虚空《こくう》へと過ぎ行く。

焼き切られた断面からは血すら流さず、地に落ちる竜の首。くずおれる双頭竜。

竜の背から、宙に逃れるように浮かび上がるヴォラク。その顔は、憤怒《ふんぬ》に染まっている。

「ちッ――!!」

それでも圧倒的な劣勢は悟ったのか、ヴォラクは吐き捨てると、背後のコンテナの群れへと飛《と》び退《すさ》った……逃げるつもりか。

しかしそれでも彼ら――フューネとソルインティは、もはやヴォラクには欠片の興味もないとばかりに、辺りへと視線を巡らせる。

に見据えてくる。


「今の声は……？」

フューネが呟き……あたしの方へ目を向けた。見えないはずのあたしの目を真っ直ぐに見据えてくる。

ぞくっ、と背筋に冷たい感覚が走る。

間違いなく気付かれた——しかしフューネはそのまま、辺りを忙《せわ》しなく見廻している
ソルインティの方へ振り返ってしまう。

その様子に、ソルインティはまだ気付いていない。

あたしは嫌な予感を覚えて、再び叫ぶ。

「……陽守《ひのかみ》！」

だけど、それもまた遅すぎた。

突然フューネの腕がソルインティの頭を鷲掴《わしづか》みにする。

「——くうっ!?　な、一体……何を……!?」

彼女の足が地面を離れた。フューネの右腕一本で、持ち上げられている。

フューネは答えない。その眼は、冷徹にソルインティに注がれるのみ。

ソルインティの決断は早かった。

「っ……！　光よ！」

爆発が起きた。

咄嗟《とっさ》に左腕で顔を庇《かば》うフューネ。対してソルインティは、自由になった身体で危なげながらも受身を取って大きく後ろに転がり、距離を稼いで立ち上がっていた。

かなりの無茶だ……多分ソルインティは、零《ぜろ》距離で術を炸裂させたんだろう。掴まれている自分の頭とフューネの手の間、文字通りの目の前で。

「……何のつもりですか」

立ち上がりながら鋭い眼差しを向ける。こめかみを赤い筋が伝い落ちてくるのを、気にも留めずに。

あたしには、そこで繰り広げられている光景が一体どういうことなのかわからない。ただ、ソルインティの刺すような眼差しには、ついさっきまでのヴォラクと同じものがはっきりと表れていた。

そしてそれを受け止めるフューネの声音《こわね》は、どこまでも冷え切っている。

「予定が狂ったのでな。まあいい、目的は達成できた」

皮膚を焼かれ、煙を上げるフューネの右手。しかし彼は、その傷を一瞥《いちべつ》すらせず、視線をある一点……こちらに向けてくる。

「それよりも、出てきたらどうだ」

フューネが見上げるのは、埠頭に立ち並ぶ荷揚げクレーンの一つ——あたしの方に向けて、沈むように静かな、しかしよく通る声で呼んだ。

鉄骨の上、月を背景にあたしは姿を現し、歩み出る。

あたしたちは〈透化《トランスルーセント》〉の術で姿を隠し、彼らのやり取りを窺《うかが》っていた。

その結果として――フューネの裏切りは、決定的なものとなった。

こちらを見上げたまま、フューネが口を開く。

「なぜここにいる？」

「それはこっちのセリフよ。あんた、ここで何してんの？　どうして魔族のヴォラクを襲うのよ!?」

あの時のこいつの様子……企みを見抜かれて慌てて、って感じじゃなかった。最初からそのつもりでいたとしか思えない。

あたしは完全に激昂《げっこう》していた。

対して、答えるフューネはいつも通りに冷淡で平坦。

「魔族だからといって、魔族の味方であるとは限るまい」

本当にただ、邪魔なクモの巣か何かを払《はら》い除《の》けただけ――とでも言うように、その声には何の感情も乗せられてはいない。

あたしは悔しさを噛《か》み殺《ころ》すように、奥歯を軋《きし》ませる。

「……じゃあ、なんであたしを助けたの!?　昨日も、さっきも……!!」

さっきフューネは言っていた。あたしにちょうどいい相手をぶつけた、と。それはつまり、ガブリエルとの戦い自体があたしをパワーアップさせるための狂言だったってこと？　魔族を平気で裏切りながら、魔族側のあたしを援助する……一体、何が目的なのよ？

「お前にそこのソルインティを始末させるつもりだったからだ」

フューネは当たり前のように告げる。いきなり話を向けられたソルインティが、びくりと身体を震わせた。その様子にも目を向けることなく、彼は続ける。

「いや、正確に言えばどちらが勝っても構わない……しかし、ソルインティにはまだ果たしてもらう役割があった。お前と潰し合いをするのはその後でなくてはならない。あの場で、しかも一方的に斃《たお》れられてしまっては困る」

「……わかんないってのよ。結局、あんたはなにがしたかったわけ？」

要領を得ない答えに、暗い苛立《いらだ》ちが募る。せっつくようなあたしの問いにも、フューネはイライラするくらい平然とした声を返してくる。

「単に必要な駒を育てただけの話だ。最終的には両方とも消えてもらう予定の駒をな。しかし重要なのはその過程……魔と神どちらかに与《くみ》する霊族《れいぞく》が、もう一方の戦力を倒したという事実だ。残ったのがセレンディアナであれソルインティであれ、消耗したところを始末するのは難しくない」

奴の唇が、邪悪に歪んだ。

「そうなれば、倒された方はより多くの軍団を派遣してくる。しかも、数千年前から燻《くすぶ》り続《つづ》けていた霊族に対する危機感もより一層深まるだろう。その結果起きるのは——」

『霊界に対する侵攻……』

あたしの肩の上で、オロが漏らした。

「そうだ。戦争の再来……夥《おびただ》しい数の霊族が死に絶える」

そう言うとフューネは憎々しげに、少しだけ声を荒らげる。

「しかし、まさかこの場にお前たちが現れるとは……これほど早く気付かれるとは思わなかった。セレンディアナはうまく籠絡《ろうらく》したと思ったのだがな——」

嘲《あざけ》るようなフューネの視線。構わずあたしは一歩前に出た。

「とにかく、これであんたの悪巧みもおしまいってことね」

あたしたちに話を聞かれてしまったことで、あたしとソルインティを潰し合わせるという計画は水泡に帰してしまった。奴もこれ以上、無駄な戦いは——

しかしフューネは、あたしの言葉をせせら笑った。

「——ふん。確かに、霊族が口火を切ったという既成事実は欲しかったが……後でどうとでも捻じ曲げられる」

そして——初めて奴が、明確な殺意を撒《ま》き散《ち》らす。

「ここにいる全員が消え、事情を知る者がいなくなればな」

その言葉に、風がざわついた。

今や彼は完全に敵対者となった……だけどまだ、どうしてもわからない。

「フューネ……あんた一体、何者なの？」

あたしの問いかけに、フューネはもったいぶった答えをよこす。

「いいだろう。見ているといい」

視線を移した先は――地に落ちた二つの竜の首。ヴォラクの乗っていた双頭竜の成れの果てだ。

彼が目を向けると同時にその二本の首が宙に持ち上がる。魔術か何かの作用だろうか。浮かび上がった首は、空中を滑るようにフューネの元へ。

一体何を……？

彼のやろうとしていることが理解できない。

そんなあたしにはお構いなしに、フューネは自分の両肩の上に首を一つずつ乗せるように移動させ、何事かを呟く。その声はあたしには届かなかったけど――

突如、それは起きた。

オロたち魔族が変化《へんげ》を解く瞬間と同じ。周囲の景色ごと彼の姿が歪んだような滲《にじ》んだような、元々そうだったかのような妙な感覚を覚えた後に、気付けばそこには今までとまったく別のモノが当たり前のように存在していた。

「え――――？」

『……なっ……!?』

あたしとオロが驚きに声を漏らす。

体つきそのものは、人間の姿とそれほど大差はない。二本の足で地面に直立するその姿勢は、さっきまでと変わっていない。

しかし背の翼と尻尾、何より……肩から生えた二本の竜の首が、そのシルエットを紛《まご》うかたなき異形へと変容させていた。

唯一それがフューネだったことを証明するかのような翠色《みどりいろ》の鱗に覆われた体軀《たいく》は、禍々《まがまが》しく夜の光を照り返す。

それは――ヴォラクの従えていたものよりもさらに狂気じみてはいるけど、確かに竜だった。

『く――はは、ははは――――!!』

抑えきれなかったのか、その三つの顎《あご》から笑いがこぼれる。そして夜空に響き渡らせるかのように、聞き取ることすら敵《かな》わない轟音で吼えた。

ビリビリと空気が振動する。それだけで、背筋を悪寒《おかん》が走る。

竜人と化したフューネが横を向く。その先には――まずい!!

あたしは急いでクレーンから飛び降り、彼女の傍《かたわ》らに降り立つ。

「大丈夫!? 陽守‼」

膝を突いたままの彼女に手を差し出し、引き起こす。陽守はフューネから目を逸らさずに強張った声で促してくる。

「それより迎撃を――来ます！」

あたしも振り返り、構える。

「……〈死鎌《しれん》オルクスタロン〉っ！」

猛スピードで突っ込んできた翠の竜人。ソルインティの槍とあたしの鎌が迎え撃つ。

抱き込むように左右から振り下ろされてきた竜の腕を、あたしとソルインティがそれぞれの得物で片方ずつ受け止める。あらん限りの力で押し戻し、弾き返した。

しかし――

「ゲイアサイルが――!?」

ソルインティの槍の、柄の真ん中辺りから上がなくなっていた。風を切って回転しながら落ちてきたその切っ先が、少し離れた地面に突き立つ。

――あいつの爪、恐ろしい切れ味だ。

続けて奴は右腕を大きく引き、武器を失ったソルインティに狙いを定めてくる。

あたしは咄嗟に、空《あ》いた左手を差し出して唱えた。

「〈禍槍《かそう》ネルガランス〉っ！　使って！」

あたしの声に応えて手の中に出現した槍を、ソルインティに向かって放り投げる。

刃を失くした柄を捨ててキャッチし、即座に構えた槍の穂先と、突き出されたフューネの掌《てのひら》とがぶつかる。

魔力と神力が反発しあって、空間すら歪める火花を散らす。

だけど――まずい！

先に限界を迎えたのは、ソルインティの握る槍の方。

多少なりともソルインティと相性の良さそうな武器を選んだつもりだったけど、やっぱり彼女が使うには無理があったようだ。無情にもあたしの喚《よ》び出《だ》した槍はボロボロと自壊していく。

ついに爆《は》ぜるように砕け、余波でソルインティの身体が後ろへ飛ばされる。

そして無手《むて》になったソルインティを、竜の首が吐き出した火球が襲った。

「――くうっ！」

「陽守……！」

爆風に煽《あお》られ転がったソルインティに駆け寄り、起こす。

「大丈夫です……私、火には強いですから」

あたしの腕に支えられながらも、強がるように言うソルインティ。

『瑠奈《るな》さん！　危ないっ！』

その声に、弾かれるように竜人の方へ注意を向ける。しかし、遅かった。

火球の第二波が、目の前を埋め尽くす。あたしにできたのは、ソルインティの体をきつく抱き寄せることだけ。

しかし、熱波はあたしの頬を焦がすだけに終わった。

「――オロ!?」

飛来した火炎弾は直前で遮られ、あたしに届くことはなかった……あたしの肩から飛び出してその身を盾にあたしを庇《かば》った黒い矮《わい》軀《く》が、ぽとりと地面に落ちる。

「オロ、あんた……!」

『……ったた……もう慣れましたわ』

摘み上げると、減らず口を叩いてくる。良かった、何とか生きてる。

しかし、暢《のん》気《き》に喜んでいられる状況じゃなかった。

「……オロ、あと何発くらい耐えられる?」

『勘弁してください』

とりあえず軽口を叩き合える程度には大丈夫らしい。

だけど……考えるまでもなく、あたしたちは劣勢だった。

「何なのよ、あの化け物は……!?」

歯噛みするあたしに答えるように、オロがハッと息を呑む。

『そうや……あいつは!?』

何かに思い当たったのか、オロは睨《ね》めつけるように目の前の化け物を観察する。やがて何かを確信し、鋭い声でその名を呼んだ。

『まさか……いや、間違いありません、あいつは……ブーネ!!』

「ブーネ……？」

あたしは聞き覚えのない名前に首を傾げた。

『……そうです。ほれ、魔界史で習いましたでしょ』

「習うかッ!!　どこの世界の授業よそれはっ!?」

得体の知れない科目を前提にされても困る。緊張感を台無しにされて、あたしは若干投げやりに聞き返す。

「……で、何者なのよ、あいつ？」

『ソロモンの序列の二十六、死を操る悪魔ブーネ――昔、霊界での戦争を引き起こした張本人ですわ』

やはり魔族ではあるらしい。しかし――

「戦争……？」

確かさっきもそんなことを言っていた……いや、それだけじゃない。

『昔魔族と神族が霊界を巡って戦争を起こした時、裏で糸を引いてたんが、このブーネらしいんです』

戦争。昼間の話し合いで、オロの言葉の中にもたびたび出てきた単語だ。数千年前にこの世界へ、神と魔が兵を送り込んで戦ったっていう——

それを起こしたのが、こいつ……？

『その戦争の終結後、企みを暴かれたブーネは力を奪われ、幽閉されたと聞いとります。いつ、どうやって解放されたんかわかりませんが……ヤツはもう一度、この地で同じことをしようとしとるんでしょう』

戦慄《せんりつ》よりも、茫然自失《ぼうぜんじしつ》となるあたし。話のスケールが違いすぎる。

今までは精々、人気《ひとけ》のない場所で神族とタイマン張る程度の戦いしか経験してこなかった……それが急に戦争だとか言われたって、ピンとこない。

そうだ、第一——

「でも、なんで戦争なんか……」

『おそらく、ヤツの能力が〈死霊使い《ネクロマティック》〉やからです』

あたしの疑問への答え。その意味があたしにはよくわからなかった。

オロが続ける。

『〈死霊使い《ネクロマティック》〉はその名の通り、死者の魂や屍《しかばね》を操ります。つまり霊族の——人間の死体がヤツの軍となり、死霊の数がヤツの力となるんです』

そこまで言われてようやく、あたしはさっきの墓場での戦闘を思い出す。夥しい数のスケルトンを操っていたフューネ……死体があればあるほど、死霊使いとしての能力はフルに発揮できるようになる。

でも……じゃあそのために奴は、またここで戦争を起こそうとしてるっていうの？

そんなことのために──

拳を握り込む。怒りがふつふつと胸の奥で滾《たぎ》る。

異形と化した奴の真ん中の首がどんな表情を浮かべているのかはわからない。だけどあたしの双眸《そうぼう》が、翠のバケモノを正面から睨みつけた。

もう、そんなことは関係ない。どんな顔で何を考えていようと、あたしの目の前にいるのはただの敵に過ぎない……！

そんなあたしの肩の上で、オロがやけに神妙な声で何かに頷いていた。

『しかし、なるほど……ようやく納得いきましたわ』

「……何がよ？」

『ヤツの名前ですわ。フューネっちゅうんが偽名やないって話です』

そう言えば、最初からオロはずっとそのことに疑問を感じていた。

本名には違いないのに、聞いたこともないというその名前。それが奴……フューネが正体不明とされた大きな理由だった。

『アルファベットでFuneですよね？　ブーネの方は、Buneになるんですわ』

……つーか、魔族も使うのかアルファベット。

『頭文字がミソやったんです。見ての通りブーネは元々三首の悪魔でしたが、その首のうち二本を落とされた……その存在から『3』っちゅうキーワードを失ったんです』

戦争を起こした首謀者として囚われたブーネは力を奪われた……魔界の刑罰についてはよくわかんないけど、それが首を奪われるということだったんだろうか。だからこそブーネは、失った首の代わりを手に入れるため、ヴォラクを……彼の乗っていたドラゴンの首を狙ったんだろう。

三本首の魔竜が、そのアイデンティティである三首を奪われた。

……でも、それが？

そのことと奴の名前の話に何の繋《つな》がりがあるのかわからないあたしに、オロが何だかよくわからないことを言ってくる。

『ブーネの頭文字のBから、数字の3を消してみてください。うまいことやれば、Fの字が残りますでしょ』

あたしは眉《まゆ》をひそめながらも、言われるまま宙に指を走らせて文字を書いてみた。

……上の方をやや強引にすれば、確かにそうできなくもないけど……。

「……それじゃなに？　Buneから3を取って、Funeって名乗ってたからあんたにも偽名だとわからなかったってこと？」

『そういうことです』

あっさり肯定された。

「なんじゃそのトンチはッ!?　そんなんで誤魔化《ごまか》されてどーすんのよ!?」

『いや、ボクらにとっちゃこれは、間違いなくヤツ自身を表す言葉です。すっかり騙されとりました……そうでなければ、もっと本腰入れてヤツの素性を洗っとったものを』

自分の迂闊《うかつ》さを呪っているらしいオロを横目に、あたしは何だか置いてけぼりを食らった気分でいた。展開についていけない。

……魔界の連中の考え方というか慣習というか、とにかくそういったものはつくづくあたしたちには理解不能だと思い知る。諦めて嘆息《たんそく》する。

——まあいい。

あいつの素性がどうであれ、あたしはただ戦うのみだ。

ソルインティが武器を失ってしまった以上、あたしが一人でやるしかない。

だけど——

「……いいわ。それがあんたの本性だって言うなら……容赦はしない」

右手でブーネを指差す。ただし、それは人差し指と中指を揃えて伸ばした剣指《けんし》。

「——〈XIII《ドライツェン》〉」

あたしの声に、指先に火が灯る。二本の指の間に現れた『XIII《ドライツェン》』のカードをバックルのスロットへ。

『《Sudden《サドン》 death《デス》》』

——サドンデス・フォーム。大天使さえ殺すこの力で、死霊使いだろうが何だろうが殺してみせる！

黒い翼をはためかせてあたしは翔ける。

動かず、仁王立ちで迎えるブーネ。その両肩の竜が顎を大きく開く。

直後、左右から吐き出された炎を、あたしは鎌の一薙《ひとな》ぎで散らした。そしてそのまま速度は緩めず、奴に肉薄する。

あたしの鎌が、赤い残像を残して疾《はし》る。

——硬い手応え。

鎌の切っ先は、翡翠《ひすい》の鱗の表面で止まっていた。

武器を引くのと、ブーネが腕を振り払ってくるのが同時。死の風圧を纏う爪を身を屈めてかわしながら、あたしはもう一度大きく鎌を薙ぎ払う。しかしやはり、脇腹を真横から狙った斬撃は堅牢な装甲に弾かれてしまった。

それでもあたしは諦めない。鎌を大きく切り返し、さっきとは逆側の肩口に切っ先を振り下ろす。弾かれても弾かれても、しつこく斬撃を繰り出し続ける。合間合間に襲い来るブーネの爪を受け止め、いなし、身を翻《ひるがえ》して避けながら。

あたしが反応しきれなかった攻撃を、ソルインティも防御陣を喚び出して防いでくれている。彼女のサポートを受けながらの一気呵成《いっきかせい》の猛攻。

しかし……そんなあたしの攻撃も、まったくと言っていいほど効果を上げていなかった。

硬すぎる――！

ほんの一瞬途切れたあたしの動き。その隙を縫《ぬ》うかのように、ブーネがその拳を突き出してくる。

狙いはど真ん中……避けられない。あたしは鎌の柄で受け止めた。

「くっ――!!」

みしり、と骨が軋《きし》む音が聞こえた気がした。この形態のあたしの身体に、本当に骨があるのかはともかく――ブーネの攻撃が、尋常《じんじょう》でない重量を持っていることは確実だ。

しかし悶《もだ》えている場合じゃない。奴のもう一方の腕が後ろに引き絞られるのを見て、あたしは滑るように後ろに退く。

接近戦を挑むのは分《ぶ》が悪い。あたしは牽制《けんせい》の魔術をバラ撒きながら距離を取った。

ブーネは避ける素振りさえ見せない。いくつかの魔力弾が奴に命中し、周囲を巻き込んで光が爆ぜる。

もうもうと立ち込める土煙を見据えたまま、あたしは体勢を立て直す。

「やっ……てないわよね、さすがに」

こういう場面で迂闊に勝ち誇ったりすると取り返しのつかないことになったりしそうなので、気を抜いたりはしない。

予想通りと言うべきか——あたしのぼやきに応えるように、煙をかき分けるように何か黒いモノが飛び出してきた。

それは不規則な軌道を辿りながらこちらへ飛んでくる。魔術で迎撃するけど、グネグネと気まぐれな挙動のせいで捉えきれない。

「ちょっ、なにこれ気色悪っ⁉」

至近距離まで接近してきたそれを、鎌を振るって叩き斬る。

そしてようやくクリアになった視界の中……やはり健在だったブーネがさっきまでと変わらず仁王立ちしていた。

先のあれが墜《お》とされたと見るや、ブーネの真ん中の首の口から何かが吐き出される。

羽蟲《はむし》のようなものが数匹……今のと同じだ。さっきもああやって出してきたんだろう。

『あれは……害魔《ブニ》⁉　セレンディアナ、気ィつけてください！』

その様子を見てオロが警告してきた。それがどういうものかは知らないけど、言われなくてもあまり気を許したくなる代物《しろもの》じゃない。

あたしは鎌を構え、ジグザグに飛び来る害魔を迎え撃つ。しかしその相手をしているうちにも、奴の本体がその見た目からは想像もできないような速さで間合いを縮めてきていた。

繰り出される竜の尻尾の一撃。

「げふっ――」

腹を打たれたあたしは後ろに撥《は》ね飛《と》ばされた。十メートル以上も水平に飛んだ後、地面の上を滑るようにバウンドしながら止まる。

棘《とげ》だらけの尻尾は、あたしの服をやすやすと突き破って腹部を抉《えぐ》っていた。例によって黒い霞が傷を庇うように蠢《うごめ》いている。身体の動作に支障はないようだ。

やや遠い間合いを置いて着地するブーネ。追撃しようと思えばできたはずだ。余裕か、それともあたしを弄《もてあそ》んでるつもり……？

膝に力を入れ、急に重くなったように感じる体を引き起こしながら、あたしは苦い声で肩の上のオロに尋ねる。

「見た目によらず疾《はや》いわね……オロ、どうすればいい？　…………オロ？」

返事がないのを不審に思って、右肩――いつもの定位置を見る。

しかし、そこにあるはずの馬の姿はなく――

「あれ、オロ――」

『どこを探している？』

声の主はブーネ。あたしは弾かれるように首を巡らせた。

奴はその右手を見せつけるように差し出していた。五指の爪で何かを握りこむように。

そこには――

あたしは凍りつく。

「オロ⁉」

『るな……さ……』

苦しげな呻き声――ブーネの鋭く奇怪な爪の隙間《すきま》に捕らえられているのは、小さな黒い馬の姿。

一体いつの間に……⁉

『武器を捨てろ。こいつを八つ裂きにされたくなければな』

憤《いきどお》りが喉に詰まって、罵倒《ばとう》の言葉すら出てこない。唇がわなわなと震えているのがわかる。

『っ……ブーネ……！　アンタなんちゅーことを……‼』

代わりに噛みつかんばかりに声を上げたのはオロだった。

『あの瑠奈さん相手にボクを人質になんぞしたら、嬉々として両方まとめて蒸発させたにくるに決まっとるでしょーが！　瑠奈さんの近くを離れなければ、少なくとも戦闘中は安全やったっちゅうのに……!!』

「…………オロ…………」

あたしの中の怒りがさらに募《つの》る。もっとも、対象は二分されたけど。

あれか、あいつがミサキと違って常にあたしの肩に乗っかってたのは、そーいう思惑《おもわく》からか。

『瑠奈さん……早まっては駄目です！　ここは一旦コイツの言う通り……って』

重い金属音を立てて、鎌が地面に転がる。

悔しさに歯噛みしながらも、奴の言葉に従うしかなかった。

『ふん、殊勝だな……しかし、こちらもそうしてやる義理はないが』

「なっ……!?」

『セレンディアナは、この魔族の補助なしではまともに戦えないんだろう？　このまま捻り潰してやったらどうなるのか、試してみるか』

「っこの……！」

あたしの口を突いて出た悪態には、自分でもわかるほどに焦りが滲んでいた。

まずい。どう考えたって、あたしが何かするよりも、あいつが手にほんの少し力を込める方が早い！

あたしは動くこともできず、目だけを巡らせて必死に打開策を探す。

――何か、何か手は……!?

忌々《いまいま》しいほどに余裕を見せつける翡翠の魔竜。その背後で何かが動くのが見えた――

ソルインティだ。

武器を失くし、戦う術《すべ》のないはずのソルインティ。しかしその手に握られたソレを見て、あたしの頭は一層混乱する。

ブーネの右手に目を戻すと――やはり、まだオロは摑まれたまま。

あたしの狼狽《ろうばい》も予想のうちなのか、彼女は口角を悪戯《いたずら》っぽく吊り上げ、力強い頷きをよこした。

――そうか！

あたしが彼女の思惑を悟ったと同時、ソルインティが背後からブーネに呼びかける。

「……あなたは、一体何を勝ち誇っているんです？　人質はとっくに救出していますが」

奴にしてみれば、完全に忘れていたであろう相手……唐突に聞こえたその声とその内容に、思わずブーネは振り返る。

そして、驚愕《きょうがく》。

『なっ……!?　馬鹿な――』

ソルインティの手には、自分が捕まえていたはずの馬の魔族が、翼を摘まれるようにぶら下げられていた。そして——

「……まあ、嘘ですが」

その指が、呆気なく離れる。重力に引かれ落ちる小動物の体。

しかしそれは、見る間にボロボロと崩れて散り……地に着く前に、すべて風に融けた。

『——!?　しまった——』

そう……あれはただの贋物《フェイク》。ソルインティの神術によって作り出された幻影だ。

己の手抜かりを悟ったブーネが、注意を右手に、未《いま》だそこに捕らえたままのオロに引き戻す。

しかし、手遅れだ。

竜人の意識は一時、完全に背後に向けられていた。それはあたしが間合いを詰めるには充分すぎる隙だった——そして、奴の爪をあたしの両手がしっかりと握り込むのにも。

「——返して、もらうわよっ！」

あたしはあらん限りの腕力を込める。剃刀《かみそり》のような爪は容赦なくあたしの手を切り裂き、血の代わりに黒い靄が腕を滴って落ちる……しかし、力は緩めない。

『……離せっ!!』

ブーネの左腕があたしの顔に横殴りで叩きつけられる。脳が揺さぶられ、目の前が一瞬暗くなった。

それでも、奴が抵抗すればするだけ、反比例するようにあたしの腕に力が漲《みなぎ》ってくる。傷口がブーネの爪を咥《くわ》え込《こ》み、それ以上の侵入を強引に食い止める。肉で刃を押し返す暴挙によって、オロを縛る檻《おり》の隙間が徐々にこじ開けられていく。

「——ぬうりゃあああああッ!!」

あたしの気合に呼応するかのように、澄んだ音が響いた。

勢い余って手が横へ伸びきる。そこから飛んでいったのは、短剣ほどもある翡翠色の三日月……それは近くのコンテナの壁面に突き立って止まった。折り飛ばした爪の間隙《かんげき》に手を突っ込み、オロの体を引っこ抜いたあたしは脱兎のごとく飛んで逃げる。

『貴様ら……!!』

鉤爪《かぎづめ》の欠けた右腕を庇いながら、苦々しい声で唸るブーネ。

「大丈夫？　オロ」

あたしは聞きながら、手の中のオロを定位置に——あたしの肩に乗っけてやった。

『ええ、助かりましたわ……瑠奈さんこそ、大丈夫ですか』

その言葉には、不敵な笑みで答えてやる。

サドンデス・フォームは伊達《だて》じゃない。掌の裂傷はいつの間にか影も形もなかった。

風を切ってあたしの元へ戻ってきた鎌を握り直し、あたしは再びブーネと対峙する。

……しかし、状況が好転したわけじゃない。

接近戦での暴虐なまでの破壊力。離れれば、炎や蟲で翻弄《ほんろう》しながら一気に距離を詰めてくる……厄介にも程がある。

でも、それなら――!!

「陽守！　ちょっとの間、あいつの動きを止められる!?」

あたしは叫ぶ。等間隔にコンテナの並ぶ埠頭は見通しが悪い。あたしにはソルインティが今どこにいるのかはわからないけど――

「――わかりました。やってみます！」

波の音の合間、反響するソルインティの声が返ってきたと同時に、ブーネの身体、暗い緑色のその表面で光が小さく連続して爆ぜた。

『――ふむ？』

ブーネが小さく声を上げた。

光の有刺鉄線が纏わりつくかのように奴の全身を縛り、その動きが止まる。身を捩《ねじ》ることすらままならないのか――それとも、元より抗《あらが》うつもりがないのか。

しかしそんなことを考えている暇《ひま》はなかった。ソルインティのくれたチャンスを逃すわけにはいかない。あたしは一つ息を吸うと、〈血涙天令《ザラキエル》〉をまっすぐにブーネへと向ける。

途端、ぐにゃりとその形が変わった。

鎌の刃が上を向くように反り返り、その付け根からもう一本の尖端が、元の刃と対称となるように新たに生えてきた。

たとえるならそれは、口を大きく開いた赤い蛇。

変形を遂《と》げた〈血涙天令《ザラキエル》〉を腰の高さで構え直す。

あたしの足元に光が走った。細い線があたしを中心に渦巻くように複雑に駆け巡り、コンクリートの上にその軌跡《きせき》を残していく。それは意味を持った図形として完成した。

五芒星《ごぼうせい》……って言うんだったたか。外周の円に内接する星の頂点それぞれに、さらに一つずつ円が描かれている。その小円の上に、松明のような火が灯る。紫色の五つの炎に囲まれたあたしは、そのうちブーネの方角に座す火球に飲み込ませるように、〈血涙天令《ザラキエル》〉の尖端を触れさせた。

瞬間、炎の勢いが爆発的に高まった。

朱の鎌が柄までも赤熱《せきねつ》し、力の解放を待ち望む。

握る手が、支える腕が、身体が熱い。

渦巻く熱風に髪を逆立てながら、あたしの瞳はまっすぐに翠の竜へと照準を合わせる。

奴は再び、その口から羽蟲を吐き出した。それらがあたしを目がけて飛び――

臨界《りんかい》まで高められた炎を繋ぎ止める楔《くさび》を、あたしの呪文が断ち切った。

「〈狂葬煉月炎《ルナクリメイト》〉――!!」

　あたしの頭の中には、知らないうちに誰かが刷り込んだみたいにいくつもの魔術が刻み込まれている。そしてその最高峰が、この術だった。

　圧縮された炎はプラズマと化して、人の背丈を越える太さのビームを形成する。その奔流が、羽蟲の群れもろとも、動きを封じられたブーネを飲み込んだ。

　術者であるあたし自身が後ろに弾き飛ばされそうなほどの圧力で迸る紫の火炎は、一分近くもその猛威を振るった後、徐々に勢いを弱め、消えた。

　炎が収まった後には、あたしの前方、一直線に溶岩と化したコンクリート。もうもうと立ちこめる黒煙があたしの視界を遮る。

　不意に強く風が吹き、それを運び去った後には――

「嘘…………」

　影が立体化して佇《たたず》んでいるかのようなそれが、未《いま》だそこに存在していた。

　鱗の表面が黒く炭化し、ボロボロと剝がれ落ちる。しかしその下から覗くのは――変わらず緑色に光る鱗。

　微々たるダメージしか与えられてない……いや、果たしてそれすらあったかどうか。

　あたしの全身全霊の攻撃は、まったく通用していなかった。

　肩の凝りでもほぐすみたいに、ブーネが身じろぎを一つする。それだけで、炭化した膜とともにソルインティの束縛もあっけなく弾き散らされた。

先程までと同じ、不気味に月光を照り返す鱗——その表面に、何かが浮かんだ。

見間違い……じゃない。波打つように、脈動するように、ブーネの全身を何かが駆け巡っている。

すぐにそれが、ある種の規則性を伴って描かれた紋様だとわかった……それが皮膚に浮かぶ血管のように全身隈《くま》なく走り、紫外線か何かを当てると光るインクで描いたみたいに明滅している。

「あれは……」

異様なその光景に、思わず口から言葉が漏れる。

それは奴にも届いていたらしい。自らの体を見渡しながら大仰《おおぎょう》に謳う。

『言っただろう。セレンディアナとソルインティ、生き残った方は俺が始末するつもりだった、と……それは即ち、魔術と神術のどちらにも備える必要があるということだ』

その言葉に反応したのは、オロ。

『耐神魔遮蔽印《たいしんましゃへいいん》……そんなもんを全身に……？』

何それ——と聞きかけて、思い出した。

確か何日か前、オロのウンチク話で似たような単語を聞いた覚えがある……魔術に加えて神力を宿す武器をも使うセレンディアナは、相手がそれを使ってこない限り無敵だ、みたいな話。

……そういう話の流れでホントにそれ持ち出してくるのってどうなのよ。

とにかく要点としては、あの模様は神力も魔力も通さない……つまり、あたしの武器も魔術も奴には通用しない、という理屈なんだろう。

思えば今まで奴に通じたのは、オロを救出した時の純粋な力技のみ。だけどそれじゃ、到底致命傷など与えられない……！

こちらが絶望的な状況を理解したのを見て取ったか、不意にブーネが腕を引き、撃ち出されるように突進してきた。魔力の過剰な消耗によって一時的に放心状態だったあたしは、反応が遅れる。

まずい――でも、身体が動いてくれない！

「セレンディアナッ!!」

横殴りの衝撃を受けて、あたしはそれともつれ合うように、数メートルも転がった。

それ――ソルインティが、身体を起こしながら心配そうにあたしの目を覗き込んでくる。

「大丈夫ですか、セレンディアナ」

「う、うん……ありがと――」

じくり、と。

ソルインティの背中に回していた手に、熱く滑る感触。

はっとしたあたしが何かを言うより早く、

「かすり傷です。それより、しっかりなさってください」

ソルインティは立ち上がる。あたしも力が抜けそうになる脚に鞭打って身体を起こした。

直後、炎が迫り来る。

「くぅっ——！」

左右に分かれるように跳んでやり過ごすあたしとソルインティ。肩を掠めるように炎が後方へ過ぎ去る。

あたしは攻撃の元……ブーネへと視線を戻す。

その両肩の口が、今まで以上に大きく開かれる。その中で風船のように炎が膨れ上がっていく。

口からこぼれる程に発達してもなお大きくなる炎。見る間に、左右の炎が融合して一つの巨大な球となる。

とにかく、このままじゃまずい。

考えろ、あたし。

〈血涙天令《ザラキエル》〉の刃すら通さず、あたしの全力の魔術にさえも耐える相手。

やがて完成した極大の火炎弾が、あたし目掛けて解き放たれた。

「……〈厄杖《やくじょう》バルドピアス〉！」

それに合わせるように、あたしは杖を喚び出して投擲《とうてき》した。炎を突き破り、開かれた竜の顎の中へ突き刺さる。

直後に、あたしの目の前の地面にも火球が着弾する。直撃ではないにもかかわらず、あたしの体はやすやすと宙を舞った。それでも視線はブーネから外さない。

しかし、駄目だった。

バキバキ、と木の折れる音が響く。炎と煙が晴れた向こうに見えてきたのは、口を閉じ、咥え込んだ杖を噛み砕くブーネの右の首。

──弱点なんて、ない。

単純に力の桁が違いすぎる。

あらゆる攻撃を正面から受け止められ、自分の無力さを見せつけられた。あたしにはもう、取るべき手段は残されていない。

ブーネの右腕の先が、そこだけ黒ずんでいる。そこから雫《しずく》が滴って落ちる……ソルインティの血だ。

心が折れかける。こんな相手に通用する戦い方なんて──

「……？」

あたしの脳裏に、ほんの小さな何かが引っかかった。ちょっと待って。今、何か――

戦い方……そうだ。

まだ一つだけ、試していないことが残されてる。

思えば最初にあたしがセレンディアナになったときも、その後の戦いの後も……いつだってそうだったじゃない。

確証はない。ただの軽口だったとしてもおかしくない。けど……試さずに終わるなんて、そんなことできるわけがない。

あたしはブーネに向き合いながら、横目でソルインティの姿を探す。

――いた。あたしの左手、ブーネから死角になるコンテナの陰に隠れながら、時折身を乗り出して神術を放っている。

しかし対するブーネは、増幅器なしで放たれる神術など物の数ではないらしく、蚊に刺されたほどにも気にしている様子はない。

あたしでも、ソルインティでも奴には敵わない。なら――

「……〈死鎌オルクスタロン〉」

左手にもう一本、鎌を呼び出す。ほぼ同時にブーネが吐き出した火炎弾を横に飛んで避け、受身を取って立ち上がる。

横に走りながら、喚び出した左の鎌を振りかぶり、投げる。ブーメランよろしく飛んでいった鎌は、しかしブーネの鱗に弾かれてしまった。

けど――まだだ。

あたしはステップを踏みながら、今度は右手の鎌をバックハンドスロー……フリスビーの要領で投げつける。

遮断の術を纏っているとは言え、さすがに回転を加えられた〈血涙天令《ザラキエル》〉の刃をそのまま食らうのは気がすすまなかったのだろうか。ブーネは前方に手を差し出すと、魔力の障壁を形成した。

ぶつかる鎌と盾。火花を散らしてしばらく食らいついていたものの、やがてあたしの鎌の方が押し負け、弾き返されて地に転がる。

武器をすべて失ったあたしは、脇目も振らず駆け出す。そんなあたしにブーネは、展開していた障壁を攻撃に切り替えて狙いを定め――

その背後から、先に投げた鎌が襲いかかった。弾かれながらも空中で進路を変えて戻って来ていたことにブーネは気付いていなかった。完全に虚を突いての攻撃だ。

しかしその奇襲も、ダメージを与えることはない。

――だけど、それでいい。

今のは全部、奴の注意を惹《ひ》きつけておくための囮《おとり》。ほんのわずかな時間でも、ブーネの注意は後ろの鎌に向いてしまった。そして、その隙にあたしは――

あたしは、ソルインティの元へ辿り着いていた。

彼女が身を隠していたコンテナの陰にあたしも駆け込む。

「セレンディアナ……？」

なぜあたしがここに来たのかわからないんだろう、きょとんとこちらを見返してくる陽守。

あたしはそんな陽守を、強く抱き寄せる。

「………⁉」

「──我慢《がまん》してね」

それは陽守に言ったものなのか、それともあたし自身に言い聞かせているのか。

陽守が聞き返す暇を与えず、あたしは詰め寄るように顔を近付けて──

唇を、奪った。

陽守は一瞬驚きに目を見開いたものの、すぐにその瞳は焦点を失い、とろんと瞼《まぶた》が落ちてくる。

ちゅっ──と湿っぽい音を立てて唇が離れると、あたしの唇から陽守の半開きの口へと、細い銀の糸が垂れて光る。

あたしはそのまま唇を下に這《は》わせ──

一気に、歯を突き立てた。

途端に陽守の体全体がびくんと跳ね、柔らかな場所を貫かれる痛みに苦悶の呻《うめ》きを漏らす。

「っ⁉　も、望月《もちづき》さ、痛……!!　やっ……は、ふぅ……ん……」

鋭い声を上げて抵抗していた陽守の体から、見る見るうちに力が抜けていく。しばらくして、なすがままとなった陽守の首筋からあたしは唇を離し——

口の周りの血を拭う。

腰に回していた腕を離すと、力の抜けた陽守の身体がコンクリートの地面へ横たわる。

口腔に広がる生命の味と満足感。恍惚《こうこつ》と悦楽が脳を痺《しび》れさせた。

飲み下したエネルギーの奔流は、胸を、胃を、燃えるように駆け巡って、体の隅々まで加熱していく。

溢れる力が、あたしの衣を融かし、再びあたしを鎧《よろ》っていくのがわかった。

いまだかつて感じたことのないほどの昂《たか》ぶりに酔いながら、力が一つに収束していくのを目を閉じて待つ。

月が太陽を食らう奇跡。

月と太陽が一つになることで、より深い闇が訪れる。

——エクリプス・フォーム。

辺りが闇に堕《お》ちた。

地面も空も、埠頭の光景のすべてが単調な黒に塗り潰される。遮るもののないどこまでも続く黒。その中にただ、ブーネの姿だけがはっきりと取り残されていた。

突然迷い込んでしまった何もない世界に、奴が慌てて首を巡らせる。しかし、どっちを向いたところで何も見つけられはしないだろう。

「〈死蒼騎《しそうき》ペイルホース〉」

闇の中から、あたしの声が響く。

上も下も、次元の概念すら飲み込まれた闇の決闘場に、新たに現れる存在があった。

凍えるほどに蒼い騎馬に跨《また》がる、鎧《よろい》の騎士。

どこからか這い出てきた騎士は、ブーネの姿を見咎めると手綱《たづな》を執る。

音もなく駆け出した馬の上で、鎧が剣を振りかざす。

得体の知れないその闖入者《ちんにゅうしゃ》に怯《ひる》む様子もなく、ブーネは身構え、迎え撃つ。

しかし、振り下ろされた剣とブーネの爪は打ち合うことはなく、まるでそれがただの立体映像だったかのようにすり抜け、すれ違ってしまう。

しかし。

『…………グオオォォッ!?』

苦悶の声が上がったのは、ブーネの三つの口。右腕を押さえるように身を捩る。騎士の剣が通り抜けた腕が瞬く間に変色し、ついにはちぎれて落ちた。

蒼の騎士が斬るのは命そのもの。内部から殺された腕が壊死《えし》し腐り落ちたんだろう。

騎士は苦しむブーネを振り返ることなく影の中に飲み込まれ、融ける。

「〈骨骸瘡《こつがいそう》ハウオウル〉」

再びあたしの声。今度は焦燥も露《あらわ》にして辺りを警戒するブーネ。

巨大な有翼の骸骨《がいこつ》が、上半身だけを影の中からのそりと浮上させる。

それはそのまま口と胸と翼の骨を広げると――出現の緩慢《かんまん》さからは想像もできないような俊敏《しゅんびん》さで、ブーネの身体を飲み込んだ。

隙間だらけの肋骨が互い違いに組み合わさり、食虫植物のように獲物を捕らえて逃がさない。

ブーネは腐った肋骨に串刺しにされながらもがく。ハエジゴクのごとき骸骨はやがてボロボロと腐り落ち、自重によって足元の闇の中へと崩れ、消えていく。

残されたブーネは夢から醒《さ》めたように体を起こし、立ち上がった。その体は、言葉には表せない色の血に塗れ、砕け破れた皮膚と鱗を濡らしていた。

まだまだ無間地獄《むげんじごく》は続く。

悪夢のように次々と襲い掛かる死の顕現《けんげん》たちに翻弄されるブーネ。残った片腕を狂ったように振り回し、まるで的外れな抵抗を繰り返す。

それらが現れては消えてゆくのは、あたり一帯を包む闇——影なのか、霧なのか、蜃《しん》気楼《きろう》なのか、世界なのか。あたし自身もわからない。

だけど、きっと全部正しくて、全部正しくない。

確かなのは、魔人すらも発狂に追い込んでいくそれが、彼にとっての死神であることだけ。

何度目かもわからない襲い来るモノが闇に沈むと、ブーネは膝を折り、残る腕で自分の体をかきむしるように抱く。そしてそれだけが自分の正気と存在を繋ぎ留める唯一の手段であるかのように、速く浅く、喘《あえ》ぐ。

闇が、ブーネの前に人の形を取る……その手に握られた、さらに深い闇色の鎌をブーネに向けて。

振るわれたブーネの爪がその姿を吹き散らした。だけどそれは何の意味もない行為だ。どんな武器を振るおうが、どんな暴力を行使しようが、この力を壊すことなんてできるわけがない。

お返しとばかりに鎌が閃《ひらめ》く。闇が通り抜けたその後に、ブーネの左腕が落ちて沈んだ。

その切断面を茫然自失の体《てい》で覗き込みながらも、未《いま》だその事実を受け入れられないのだろうか、ブーネはうわごとを呟く。

『なぜだ、なぜ斬れる——まさか、この力は——』

ブーネは何かに思い当たったらしい。そして多分それは正しいのだろう。

魔よりも黒いこの闇は——きっと、霊族の力。

借り物ではない、あたしだけの、人間だけの力。

今、奴が感じているのは焦燥だろうか。絶望だろうか。不条理だろうか。

でも、そんなものは取るに足りない……あたしが彼に与えられた、深く暗い怒りに比べれば。

あたしはずっと思ってきたことを言葉にして、ブーネにぶつける。

「……あたしはどーせ、魔法少女の敵役《かたきやく》みたいなポジションだし、魔族に騙されて戦ってるだけよ」

あたしの両の腕が鎌を高く振り上げる。黒い三日月が、目の前の哀れな悪魔の首に狙いを研ぎ澄ます。

「だから、正義がどうとか言える立場じゃないし、言うつもりもない。あんたに立ち向かう大義名分なんかあたしは持ってない」

闇の足跡を残して、一歩一歩ブーネとの距離を詰めていく。後退《あとずさ》ろうが逃げようが関係ない。死は等しく、すべての存在の前に歩み寄る。

「でも……だからこそ、言わせてもらう」

あたしは紡ぐ。

ブーネにとって最期《さいご》の、死の宣告を。

「あんた、迷惑なのよ。あたしたち人間にちょっかい出すってんなら、いいわ！　このあたしがぶっ殺して、おとなしくさせてあげる！」

あたしは、その命を刈り取った。

●

周囲の景色を蝕《むしば》んでいた暗黒が、潮が引くように晴れていく。みるみるうちにその面積を縮めた闇は、やがて裾がひとりでにめくれ上がるようにあたしのスカートの中に納まっていった。

そして残ったのは、普段のセレンディアナ姿で立ち尽くすあたし一人。ブーネは、もうどこにも存在しなかった。

「勝っ……た……？」

へたり込む。夜の風に冷やされたコンクリートが、太ももに冷たかった。

脱力して空を仰ぐ。

……夜がこんなに明るいとは思わなかった。

月が、星が、夜景が。眩しいくらいの光の洪水が、ついさっきまで真の暗闇と同化してたあたしの目を刺激する。けどそれは、決して不快ではなかった。

しかし——

二段パワーアップも伝統っちゃ伝統かもしんないけど、それにしたってスパン短すぎじゃない？　第一これも完全に男の子向けの方の伝統でしょ……。

セレンディアナの力はことごとくあたしを幻滅させるのに余念がない。

……って、そうだ。

こんなところで余韻に浸るのはまだ早い。あたしは立ち上がると、辺りを見廻しながら彼女の姿を探し回る。

——いた。相変わらずコンテナの陰で、それに寄りかかるように座っていた。

すでに目は覚めているようだ。

「陽守。大丈夫？」

あたしは駆け寄り、屈み込みながら聞く。彼女が緩慢な動きでこちらを向くけど、返事はない。

まだショックが残っているのかとも心配してみたけど……どうもそういうわけじゃないらしい。

もじもじしている陽守……首を押さえる指の隙間からは、まだ止まっていない血が流れ、彼女の純白の衣を染めている。

あたしは熱に浮かされているような陽守の潤んだ瞳を覗き込みながら——

『瑠奈さん、ヨダレヨダレ』

「……はっ!?」

慌てて袖で口を拭う。

「や、これはその、違うのよ!?　別に美味《おい》しそうだとか」

誰にともなく否定するあたしの言葉を、弱々しい陽守の言葉が遮る。

「わ、私……はじめて、だったのに……」

そりゃそーでしょうよ。首筋に噛みつかれて血を吸われた経験なんて、普通の人はまず持ってない。

「屈辱です……！　ファーストキスが、よりにもよって……！」

……ああそっちか。

いや、言われてみればあたしの方もそうなんだけど。

「いえ、ま、まだです。まだそうと決まったわけじゃない……！　あなたを今この場で抹殺すればノーカウント扱いに……!!」

ふらふらとおぼつかない足つきで立ち上がり、右手を横に突き出す。

しかし何も起こらない。

そう言えば、ソルインティの槍はさっきの戦いで壊されてるのよね。

第一、そうでなくたって彼女は見るからに衰弱しきってて――

「っ……！」

ほら言わんこっちゃない。立っていることすらままならずよろめくソルインティを、あたしの腕が抱き留めた。

「ちょっと、大丈夫？」

「は、離してくださいっ！」

潤んだ瞳があたしを弱々しく睨みつけてくる。

『無理をするな、ソルインティ』

飛んできたカラスが傍に降り立つと同時に、ソルインティは力を使い果たしたのか元の陽守の姿に戻ってしまった。ミサキも人間形態へと変化《へんげ》する。

陽守の身体をミサキに預けると、あたしは素朴な疑問を口にした。

「……今さらだけど、あんたたちなんでブーネと組んでたの？」

その問いに、ミサキが面白くなさそうに答えてくる。

「奴の話に乗った。それだけだ」

……いや、簡潔すぎて全然わかんない。

さっき隠れて聞いてた限りでは、ソルインティを神族に使わせたこと自体もブーネの差し金らしい。きっと陽守たちとも、かなり早い段階から接触してたんだろうけど――

「にしても、魔族の持ってきた話に乗るなんて……」

「……それこそあなたに言われたくありません。それだけあの男が、言葉巧みだったというだけの話です」

そう言われてしまうと、確かにあたしが言えた義理じゃないけど。

「私はブーネに、あの少年が魔族に人間を襲わせている張本人だと……彼を倒すには、竜を召喚させて首を落とすしかないと聞かされていました」

「あー、それで隠れてたってわけ」

今になって考えると、ブーネはわざとヴォラクを怒らせて、彼に本性を現すよう仕向けていたように見えた。竜の首が奴の目的だったとすれば、まず竜が出てこないことには始まらない。あれも初めから計算づくだったってことか。

それをソルインティを使って殺させ、首を奪う……そしておそらくはその後で、あたしとソルインティをぶつけて共倒れさせるつもりだった、ってわけか。

「あいつ、最初からそのつもりで……！」

後ろから声。

「……あ、ヴォラク」

こいつもまだいたのか。

あたしが名前を呼ぶと、ヴォラクはぶすっとした顔で拗《す》ねたような目を向けてきた。

まんま子供のような仕草を見せる彼に、オロは沈痛な声で問う。

『ヴォラク……何であんな危険なヤツに協力なんか……』

ヴォラクがブーネにやらされたのはおそらく、『XIII《ドライツェン》』を探し出してきてあたしに渡すこと、そしてあたしをガブリエルに引き合わせるための工作。それはまぁ、あたしを強くするためだって言われればわからないでもない。

けど、こいつはブーネがソルインティとも通じていたことを知ってたらしい。それはどう考えても、魔族にとって反逆行為に他ならないはずだ。そんな胡散臭《うさんくさ》い陰謀の片棒を担ぐなんて――

「あいつの思惑なんて知るもんか。条件がよかったから手を貸しただけだ……最初から僕が狙いだったなんて、わかるわけないだろ」

頬を膨らませてそっぽを向いてしまった。ちょっと涙目になってるようにも見える。

その仕草は、丸っきり叱られた悪ガキだ。

……まあ若干考えなしな感はあるにしろ、こいつだって被害者なのは間違いない。あまり責めるのも酷か。

『……それで、何でヤツに協力しとったんです？』

問われて少年は、ばつが悪そうに答える。

「……『ソーセージプリンセス』のＤＶＤくれるって言うから……」

心底しょーもない理由だった。

いや……うん、あたしもそれがどんだけレアかは知ってるんだけどね。

『ワンダードライ☆ソーセージプリンセス・第一巻』。数年前に放送された魔法少女アニメのＤＶＤ……なんだけど、これが結構曰《いわ》くつきだったりする。

奇跡の発売初日売り上げ本数ゼロを記録した挙句、翌日には不具合まで見つかっちゃったもんだから早々に全部メーカー回収されて、数字上は一切市場に流通していないという悪い意味で伝説のプレミア付きＤＶＤ。当然二巻以降は発売されずじまいだ。

小売店が回収に応じずちょろまかしていたものが今になってとんでもない値段で取引されてる、という噂も後を絶たない、マニア垂涎《すいぜん》のお宝らしいけど――

しかしそのためにあたしと陽守とこの世界が危機に晒《さら》されてたと思うと、情けなさすぎて怒る気力すら湧いてこない。

『うぅむ……獲得の悪魔らしいっちゃらしい理由……ですかね……？』

そんなんでいいんだろうか。つーか、仮にもそういう肩書きなら自分で手に入れなさいよそんなもん。

……まあ、きっとヴォラクとはそういう奴なんだろう。欲しい物を手に入れるためなら、怪しかろうが非合法だろうが躊躇《ためら》わない――それ故にブーネに利用されてしまったのかもしれない。

「……結局、最初から全部ブーネの企みだったってことよね？」

あたし、陽守、ヴォラク……ブーネは、あらゆる方面に都合のいいことを言って思い通りに動かしてたってわけか。嫌な八面六臂《はちめんろっぴ》だ。

『……おそらく、アイツは魔界と神界両方の上層部にまで取り入っとったんでしょうな。恐ろしく気の長い、周到な計画ですわ。何が奴をそこまで執着させとったんか……今となっちゃ知る術もありませんが』

ソルインティが魔族を倒し、人間を守るようになったこと。それに対抗するためセレンディアナがあたしにもたらされたこと。

あたしたちがここでこうしてること自体がブーネの思惑によるものだったってのは、何だか気に入らない。

魔界に神界、そしてあたしたち。すべてブーネの掌の上で踊らされて……しかし結局は、あたしの力業《ちからわざ》でブーネは滅びてしまった。めでたしめでたし。

……ちっとも達成感が湧かないんだけど、どうしてかしら。

空を見上げると、ちらほらと星が見える。遠くには静かに煌《きら》めく夜景。さっきまでのバトルが嘘だったみたいに、いつもと変わらない。

「これで終わり、なのかしら……」

ぽつりと呟いたあたし。オロは若干めんどくさそうな色を滲ませてぼやく。

『とりあえずの危機は去ったってとこでしょうな。しかしこのままほっとくとホンマに戦争が始まりかねません。そっちの方にも協力してもらわんと……』

オロに話を振られたミサキはやれやれとでも言いたげな調子で、

「オレとて霊界で戦争を引き起こすつもりなどない。奴に手を貸してしまった負い目もあるしな……神界の面々にはオレから話をつけておく」

と、一応は応じてくれたらしい。

「そっか。ありがと」

あたしがお礼を言うと、彼女はそっぽを向いた。

……何と言うか〝素直じゃない〟の典型例みたいな奴だ。すごい勢いで否定してきて面倒そうだから口には出さないけど。

とにかく、これで一件落着らしいんだけど……。

『さて――』

静かに打ち寄せる波を見るでもなく眺《なが》めていると、オロが口を開いた。

『ボクは今回の件について、魔界に報告に戻らんといけません。それに……セレンディアナについても、調べてみようと思います』

「……セレンディアナについて、って？」

『ええ。いろいろ想定外のことが続きましたからな。瑠奈さんの身体に悪い影響が出んとも限りませんし』

「あ……そっか」

ブーネを除いて、魔界にさえ知られてなかったセレンディアナの強化形態、サドンデス・フォーム……それに極めつけはあのエクリプス・フォーム。セレンディアナには、まだまだ未知数の部分が多い。

あたしは目を閉じ、幻身《げんしん》を解く。

左手にステッキ、右手には携帯と融合してしまった強化アイテム。それらをオロに差し出した。

それをしっかりと受け取ったオロは、どこか寂しそうに苦笑する。

「その後これをどうするかは、お偉方の裁量次第ですが……元より伝承の中でのみ語られとった存在です。このまま再び忘れ去られるくらいで、ちょうどええんかもしれません」

一人の魔族の陰謀によってこの世界にもたらされた力。それが終わった今、やはりあるべき場所に還るのが一番だ。

「何にしても、もう霊族である瑠奈さんを巻き込む理由はなくなりましたしな。あとは神と魔の間の問題です」

「……うん、わかってる」

つまり――これで、おしまい。

あたしは空《から》になった自分の手のひらを眺めながら、それとなく念じてみる……当然、魔法なんて起こらない。使い慣れた〈変化《メタモルフォーゼ》〉の魔術も、今はどうやって使ってたのかさえ思い出せなかった。

でも、きっとこれでいいんだろう。

あたしは霊族として、この霊界を守ることができた――もう魔術は、必要ない。

「……もう、お別れなの？」

オロは笑った。答えなかった。

それに釣られるようにあたしも笑みを浮かべるけど……目に何かが滲んでくるのは、止められなかった。

あんなに殺そうと思ってた相手なのに、もう会えなくなることが、どうしようもなく悲しい。

たった数日間。その思い出をこぼさないように、あたしは強く目を閉じた。

「……ソルインティも修復が必要だろう。比菜《ころな》、ステッキを」

ミサキの腕の中で、陽守は弱々しく頷くと手の中のそれをミサキに返す。

それを受け取ったミサキは、そっと陽守の肩を押した。彼女は眉を落としミサキを仰ぎ見ると――やがて振り切るように目を伏せ、歩を踏み出した。あたしが差し伸べた手に向かって。

陽守はあたしの手を取ると、そのままあたしの胸に額をぶつけるように飛び込んできた。誰にもその顔を見られたくないと言わんばかりに。

ミサキもそれがわかっているんだろうか、踵《きびす》を返してオロたち魔族のいる方へと退がる。

「んじゃそろそろ行きますか、ヴォラク」

呼ばれて、答える代わりにオロの隣に並んで立つヴォラク。彼らを取り囲むように、地面に円形の模様が浮かび上がった。魔界へ帰るための転送魔術だろう。

魔法陣が発光し、足元から徐々に魔族二人の姿を飲み込んでいく。

「ねえ、オロ」

「はい、瑠奈さん」

「その……気をつけてね」

震えている声に、お互い、何だか気恥ずかしくなってしまう。

こちらに向き直って頭をかくオロ。その隣でまだふてくされたままのヴォラク。二人とは少し離れた位置でいつものように腕を組み、それでも少しだけ頬《ほお》を緩めるミサキ

……魔族と神族。

「ええ――そちらも、お元気で」

言うが早いか、彼の姿が転送魔術の光の中に飲み込まれ、消えた。

ミサキもそれに続くように、こちらは神界へと帰っていく。

その姿が跡形もなく消えて……人間のあたしと陽守だけが、深夜の埠頭に残される。

彼方のビルから漏れる明かりが、それを映し静かに揺れる海が、とても平和に見えた。

あたしは胸に顔を埋めたままの陽守に囁く。

「さ。帰ろっか。陽守」

「——そうですね」

顔を上げ、うっすらと笑みを浮かべて答える彼女の視線は、あたしと同じ、二つの幻が消えた方へと向けられていた。

エピローグ

「——さん、瑠奈《るな》さん。そろそろ起きんと遅刻しまぐぷ」

朝目覚めると、目の前にあったオロの顔に右のフックを叩き込んだ。

「おはようオロ。いつの間に帰ってきてたの？」

「どう考えても言動が一致しとらん気がしますが、お久しぶりです瑠奈さん」

あたしは布団から這《は》い出《で》ながら伸びをした。身体がじっとりと汗で湿っている。そろそろ、布団を薄いのに換えてもいいかもしれない。

ブーネとの戦いから四日が経っていた。

オロたちも魔界《まかい》に帰還して、それ以来あたしは以前のように静かな毎日を送れていた。陽守《ひのかみ》の方も同じく相棒の鳥がステッキ共々帰ってしまったので、ここしばらくはソルインティが夜の街を飛び回ることもない。

やはり連中さえいなければ、あたしたちは穏やかな日々を過ごすことができるのだ。

「……だってのに、何で帰ってきたのよ、あんた？」

そんなだから、感慨も何もない。

「いきなり何をおっしゃいますか。ボクは瑠奈さんのパートナーなんですから、帰ってくるに決まってるでしょ」

恨みのこもったあたしの愚痴に文句を返すオロ。

「とにかく、ブーネの一件については何とか丸く収まりそうです……それに今日は、瑠奈さんにビッグなニュースもあるんですわ」

ニュース。自信満々に指を立てているオロの様子からして、相当いい話のようだ。

今、あたしが喜ぶようなビッグニュース。それは――

「ま……まさか!!」

「そのまさかですわ！」

目を輝かせるあたし。ますます偉そうに胸を反らしたオロは、その一大ニュースの全《ぜん》貌《ぼう》を発表した。

「今回の功績によって、正式に瑠奈さんが魔族《まぞく》セレンディアナとして認められることになったんです！　公爵《こうしゃく》の爵位《しゃくい》も授けられるらしいですわ！」

「そっかあそれは悲しいわでも仕方ないわよねっ!!」

「……………………は？」

「……………………え？」

なんか、すれ違いが生まれてた気がする。

あたしは遮《さえぎ》るように手のひらを差し出しながら、もう一度話の流れを反芻《はんすう》する。

「……ちょっと待ってね。確認するわ、もう用が済んだからあんたらとっとと魔界に帰ってセレンディアナは封印されてあたしも魔法少女おしまいって話よね？」

対するオロは心底呆れたと言わんばかりのシケ面で答えた。

「何言うてますのん。逆です、セレンディアナは今後も瑠奈さんのものになるっちゅうことですわ」

「……はぁっ⁉」

思わず大声でオロに詰め寄ってしまう。

「どこがビッグニュースなのよ⁉　残念なお知らせどころか訃報《ふほう》じゃないっ！」

あたしの日常と心の平穏がご臨終《りんじゅう》を告げられたようなもんだ。しかしオロもオロで、何とかあたしを言いくるめようという魂胆が丸分かりな必死さで言い返してくる。

「でも二十の悪魔軍団も与えられるんですよ⁉　こりゃ類《るい》を見んほどの大出世で」

「いらんわぁ――――ッ‼　持って帰れんなもんッ‼」

●

久々に朝から一悶着《ひともんちゃく》した後、あたしは普段通りに学校へ。オロもいつものごとく屋上で暇《ひま》を潰していることだろう。

今日は月曜日。思い返してみれば、オロに出遭ったのもまだほんの一週間前の出来事なのだ。怒濤《どとう》のイベントラッシュに、日付の感覚が麻痺してしまっていたらしい。何だか言いようのない倦怠感《けんたいかん》がのしかかってくる。

そんな重い足取りで教室に向かい、いつも通りに授業を受ける日常が戻っていた。

教室の扉を開ける。クラスメイトたちの刺すような視線の一斉射撃が飛んできた。

……こんな具合で、あたしの評価評判に関わる部分については一切解決の目処《めど》が立っていない。教室では今日も元気にアンタッチャブルとして孤立している。

さすがに先輩にだけはフォローを入れておきたかったので、兄に事情を話して頼み込んである。我ながら人選を間違えたんじゃないかと心配ではあるけど。

眠気を堪《こら》えながらの退屈な授業。机の横に引っかけた自分のバッグに目を落とす。不自然に出っ張っているその中身は——言うまでもない、セレンディアナのステッキ。

今朝帰ってきたオロは、あたしにステッキとあたしの携帯を返却してきた。

その携帯は、あの忌々《いまいま》しい血染め色の変身ツールではなく、元々のあたしの持ち物だった頃の色に戻っていた。必要な装備が分かれていては不便だろうと、強化パーツを分離してステッキと融合させたのだという。

まぁ、あの魔法少女でもなんでもない変身ポーズを取らなくてよくなったのはありがたいけど……辞めさせてくれる気は毛頭ないらしい。

「——つまり、もう後戻りできないくらい巻き込まれちゃったってことよね」

周りに聞こえないようにぽつりと呟く。

オロは「とりあえずの危機は去った」と言った。逆に言えば、結局のところ何も変わってはいないのだ。三つの世界の情勢は、未《いま》だ不安定なまま。

だからこそ神魔は現状の維持を望んだ――互いを出し抜き、こっそりと霊族を襲い続ける〝日常〟を。今まで通りを装うことで、内部からの不満や軋轢《あつれき》を少しでも和らげたいというのが、彼ら両方の狙いらしい。

そしてセレンディアナとソルインティも再びこの霊界にもたらされた。下手に封印してしまえば、相手側が禁を犯して持ち出すことを警戒し続けなければならない。それよりは両者ともにアクティブな状態で牽制《けんせい》しあうことでバランスを保ちたいんだろう。そういう意味で、あたしと陽守《ひのかみ》が知り合いというのも都合がよかったらしい。

すべては、危うい拮抗《きっこう》の上の平和のため。

――まぁ、だからってあたしが連中の駆け引きに付き合う義理もないわよね。

どーせよくわかんないなら、あたしはあたしがよしとすることをするのみだ。そのためなら、セレンディアナでも何でも利用し尽くしてやろうじゃない。

いろいろ考えを巡らせてるうちにチャイムが鳴る。教科書をたたんだ教師がさっさと出て行くと、にわかに教室が騒がしくなった。これで午前の授業は終わり。

そんなこんなで、今日のお昼ご飯は教室で京子《きょうこ》と二人……と思ったら。

「……望月《もちづき》さん、ご機嫌よう」

ある意味予想外なことに、彼女がやってきた。

戦いの翌日、陽守は学校を休んでいた。あたしより大きなダメージを負っていたから無理もない——て言うかまぁ、ほとんどあたしに力を吸われたのが原因みたいだけど。

とにかく、休日を挟んでようやく顔を出せるくらいに回復したらしい。顔色は先週お見舞いに行った時よりもずっと良くなってるみたい。

ただ……ちょっと様子がおかしかった。少し気まずそうに俯《うつむ》いたまま、何か言いたげにひとしきりもじもじして、

「……ご一緒しても、よろしいですか？」

と、あたしに向かって聞いてきた。

……どういう風の吹き回しだろ……？

教室で食べてる以上、当然兄や先輩が来るわけないのはわかりきってるはずだけど。手には購買で買ってきたらしいパンと飲み物。

——ま、いっか。

「なに突っ立ってんの。早く座んなさいよ」

その答えに、ようやく陽守も気恥ずかしげに微笑《ほほえ》む。今までからは考えられないような表情だけど——悪くはなかった。

「それでは、私も失礼します」

そう言って、陽守は手近な机を持ち上げてあたしたちの机にくっつけようと——

「痛っ……！」

突然鋭い声を上げ、慌てて手を引っ込める陽守。ガタ、と机も乱暴に床に着地した。

彼女は顔をしかめて、右手の指をじっと見つめている。

「陽守、どうしたの？」

「いえ、指を引っかけて切ってしまったみたいで……」

何だか申し訳なさそうな声で言う。

「え⁉ ちょっと見せてみなさい」

「あ、いえ……」

陽守の声を無視して、あたしはひったくるように陽守の腕を摑《つか》んで引っ張った。

机の裏の金具か何かが尖《とが》ってたんだろうか。大怪我ではないけど、結構深く切ってしまったらしい。血が溢《あふ》れて珠になり、見る間に一筋の赤い流れとなって滴《したた》っていく。

あたしは陽守の指に唇を近づけ、傷口をそっと吸った。

「っ……も、望月さ……」

「いいから……ほら、こっち垂れてる。制服についちゃうわ」

手の甲を伝って袖口の方まで流れていた血の雫を、舌で舐め取る。くすぐったそうに息を漏らした後、陽守はあたしの頬にもう一方の手を——

「……あんたら、だいぶ倒錯的《とうさくてき》なところまで行き着いちゃったのね」

横からものすごく白けた声が飛んでくる。びくっと揃って跳ね上がるあたしと陽守。しまった。京子のこと忘れてた。

「い、いやこれは……その……違うのよ」

これはあくまでその、陽守の血が美味《おい》しいからであって、別に血を舐めることで興奮とか……いやしてるけどそれは力が漲《みなぎ》ることによる歓喜の猛りっていうか――

駄目だ。考えれば考えるほど言い訳不可能になる。と言うか、性的倒錯の方がまだ理解を得られそうだった。

しかもさらに悪いことに、陽守までもがあたしの言い訳を聞《き》き咎《とが》めてきた。

「今さら言い逃れなんてひどいです。あんなことまでしておいて……」

陽守の指が、やけに艶《なまめ》かしく自らの唇を撫《な》でる。

あの夜の記憶が――陽守の唇の感触が脳裏に蘇《よみがえ》る。

「あ、あれはその、仕方なくだったんだから。陽守の痛みを和らげるために――」

「痛みを……？　何でキスをすると和らぐんですか？」

「…………え？」

「あら、もうそこまで済ませちゃってるのね」

京子が感心したように呟く。ややこしくなるから黙っててほしい。

「いや、あれ？　何でって……あれ？　痛み消えてなかったの？」

「はい。だって、痛かったですし」

あれ？　ああいう場合ってこう、吸血前のお約束と言うか……ほら、陽守もとろーんとしてたじゃない？　あれって違ったの？

しかしそういう効果がないとなると、あの時あたしが陽守に……その、キス……したのは、まったく無意味な行動だったってこと？　いや――

「でも、初めては痛いものと言いますし――る、瑠奈さんのお気持ちは、それはそれで嬉しくないわけでは……」

それどころか、こうして余計な勘違いまで招いてしまってる……あと今さりげなく呼び方変えたわよね？

「……あの、陽守？」

遠慮がちに呼びかけてやると、陽守は取り繕うようにキッとこちらを睨むと、

「か……勘違いしないでくださいね!?　私はあくまで責任を取っていただきたいだけで……！」

いわゆるツンデレの模範と言っていいくらいの剣幕でまくし立ててきた。向ける相手は間違ってるとしか思えないけど。

陽守はなおも顔を真っ赤にしながら喚き続ける。いくら昼休みの教室が騒がしいと言っても、彼女の金切り声は教室中に響き渡るに充分なデシベルを備えている。

「大体、ああいうことはもっとムードというものを大切にしてください！　いくら真夜中だと言っても、あんな……外で、なんて……」

「いーからこんなところで大声で誤解を招く発言をするなっ!!」

とうとうあたしは陽守の脳天に拳を振り下ろした。

しかしもう手遅れだった。教室のそこかしこでひそひそごにょごにょと内緒話が繰り広げられる。容赦なく聞こえてくるその内容を総合してみる。

魔法少女の敵で、ガチ百合。あとフューネは転入早々、あたしから性的嫌がらせを受けて登校拒否に陥《おちい》ってるらしい。

……この学校でのあたしの評価は、この一週間で落ちるところまで落ちたようだ。

「ま、私はそういう恋愛もアリだとは思うわ。応援はするわよ、応援だけだけど」

あたしの味方はもはや京子だけだった。まず彼女の誤解を解くことからはじめよう。

頭にできたたんこぶを押さえながらまだしつこく喚いている陽守とじゃれていると、教室の入り口に背の高い人影が見えた――それも、二人。

「あ、先輩……」

呟くあたしと目が合うなり、先輩――とついでに兄――は周囲のクラスメイトに会釈《えしゃく》しながらこちらに歩いてくる。

な、何で二人があたしの教室に……？

普段、昼食で一緒になるのはあくまで食堂でのことだ。それも毎日ってわけじゃないし、今日みたいに教室で済ませちゃうことだってある。こんな風にわざわざ教室まで訪ねてくることなんて――

疑問に思いながらも陽守を押し退けて二人が歩いてくるのを出迎える。先輩はあたしの目の前に立つと、いきなり頭を下げてきた。

「この間はごめん、瑠奈ちゃん。僕の早とちりだったみたいで……事情を知らなかったとは言え、僕はなんてことを――」

……どうやら彼の誤解も解く必要がありそうだった。

しかし兄が一体何を吹き込んだのかがわからない。どう答えたものか迷っているあたしに、何やら複雑な表情の陽守、素知らぬ顔の京子。

あたしは何とかかんとかかける言葉を捻り出す。

「えっと、あの……せ、先輩。何を聞かされてどう解釈したのかわかりませんがとにかく顔を上げて――」

……と、あたしの胸元から、いきなりヴーッと唸るような音と振動が漏れてきた。制服のポケットから携帯を取り出すと、見知らぬ番号からの着信。

何よ、って言うか誰よこんな時に……！

「――もしもし？」

取り出し、通話ボタンを押して耳に当てる。向こうから聞こえてきたのは、どういうわけかオロの声だった。

『瑠奈さん？　大変です！』

「……あんた、いつ携帯なんか買ったのよ？　つーか番号教えてないわよね」

さっき表示されてた番号は携帯のものだった。居候《いそうろう》の異世界人のくせに、どうやって手に入れたんだろうか……まさか人から奪い取ったりしてないわよね？

『そんなことはどうでもええんです！　それより――』

まぁ、もういい加減何を言ってくるかは予想できる。そして返事も、お決まりだ。

『神族の反応ですわ！　すぐ近くです、急いで出撃お願いします！』

「誰が行くか――っ!!　そのまま襲われて死ねッ!!」

【完】

あとがき

はじめまして。根木健太《ねぎけんた》と申します。

小説のあとがきを書いて、したり顔で『上梓《じょうし》』って単語使ってみたりするのが密かな夢だったんですが、まさかその機会が訪れるとは思ってもみませんでした。というわけでここに満を持して使ってみます。

上梓。

さて、このたび第十二回えんため大賞特別賞《たいしょうとくべつしょう》という栄誉をどういうわけかいただいてしまいまして、こうして念願のあとがきなんかを書いております。「なんだ、夢か……」と呟《つぶや》く準備は万端なので、いつでもオッケーですよ？

ところで、今とても困っております。

このお話の出版にあたっては当然、ノリと勢いだけで書かれた元の文章をいろいろと直しに直す必要があったわけですが、私はあれも入れたいここも変えたいとワガママを言って担当さんの頭を悩ませておりました。そうこうするうちに、冷静になって読み返してみると「うわっ……私の原稿、長すぎ……？」と手で口を覆《おお》うような有様《ありさま》になっていたのです。

そうして好き放題書き散らしたツケが回ってきたとでも言いましょうか、ある日の打ち合わせで担当さんの発した言葉が今、カウンターとして私を悩ませることに。

「ページ余るんで、あとがき五ページくらい書いてね」

多いです。

ひょっとしてあれでしょうか、余計なことを一筆奏上《いっぴつそうじょう》させて天下御免《てんかごめん》とばかりに成敗《せいばい》するおつもりなんでしょうか。

あ、そう言えばカラータイツ五人組のネタは使うことができませんでしたが、いつか使う機会があるといいな。

……魔法少女モノのあとがきの話題としてどうなんでしょうかこれ。

というわけで現在、一文字でも水増しするために漢字をわざとひらがなで書いたりなど、小学生の読書感想文ばりにせこい字数稼ぎの真っ最中です。五ページ目に一行でもかかってればセーフですよね？

話は変わりますが、田舎というのは恐ろしいものです。

受賞の一報をいただいた時、私は実家に帰ってダラダラとしておりました。電話が終わり、嬉しさのあまり隣にいた父にその旨《むね》を伝えましたが、その際に与えたキーワードは『ファミ通文庫』と『特別賞』のみ。

その後なんやかやで数ヶ月、次に帰省した時のことです。顔を合わせた親戚のおばさんの第一声が「あら、根木くん（ペンネーム）」でした。

驚くべきは田舎のばーちゃんの世間話ネットワーク。もはやどこまで調べられて何を言《い》い触《ふ》らされてしまったのか、まったく把握できていません。

あと、「このタイトル（受賞時）どう読むの？」「どんな話なの？」などと矢継《やつ》ぎ早《ばや》に聞いてこないでください。死にたくなります。

と、タイトルと言えば、受賞時のものから一回程度の紆余曲折《うよきょくせつ》を経《へ》て現在のこの形となるに至っております。

ことタイトルに関するセンスが皆無《かいむ》でもうこれでいーやと五秒でくっつけて応募した私には到底思いつけない、ハイセンスでかわいらしいタイトルなのですが……いかんせん、ちょっと長くて呼びにくい。

やはり略称は必要でしょう。ということで考えてみます。

普段、担当さんとのやり取りでは『魔よりも～』という風な具合で略していたりしますが、私としては『魔黒』と書いて『マクロ』と読ませるのがオススメ。この作品自体、マクロによって自動生成された文章ですしね。嘘《うそ》です。

もしくは流行りの四文字タイトルにのっかって『魔ママ魔！』とかもアリですね。エクスクラメーションマークは魔術で喚《よ》び出《だ》した。

まぁ、略称なんてものは皆がそれぞれ心の中に持っていて、だけど確かにココにあるよ……それでいいのかもしれません。

話題を次々持ち出してはぶん投げる。読書感想文の基本ですね。

そろそろ行数じゃなく時間の方が残り少なくなってきましたので、ここらで謝辞《しゃじ》に移らせていただきます。

まずは担当の川崎《かわさき》様、加藤《かとう》様。お二人のお力がなければここまで辿《たど》り着《つ》くことはできませんでした。ありがとうございます。根木健太の半分は担当様でできております。お二人で仲良く半分こ、フィフティフィフティです。

……あれ、俺いらなくね？

選考委員ならびに編集部の皆々様、こんな読んでて疲れるのを選んでいただいて、本当にありがとうございました。特に「俺ぁ最初からお前に目ェつけてたんだぜ（意訳）」と言ってくださったナイスガイ様、危うくエクスカリバーをそのまま飲み込んじゃうところでした。

……お名前わかんなくなっちゃったってこと、バレてないよね。

素晴らしいイラストを描いてくださったkino様。すごくエロ……もとい、エロかわいらしくて感激しています。ありがとうございます。

なお、瑠奈《るな》のパンツが縞パンであったことにつきましては私は一切関与しておりませんことをあらかじめご了承いただきたく存じます。kinoさんグッジョブ。

戦友にして師匠と勝手に崇《あが》めているM氏。応募原稿の推敲《すいこう》でお世話になりました。あなたがいなかったらそもそも小説書いてませんでした。

そして、本書に目を通してくださった全ての読者の皆様にも感謝を。ごめんなさい。

二〇一一年二月某日

あとがき

♥はじめまして！この度、挿絵を
担当させて頂きましたkinoと申します。
瑠奈やオロバスなど、たくさんの魅力的な
キャラクターを描かせて頂けて、とても
幸せです♪特にオロバスは私の中で
初挑戦なキャラで、毎回苦戦しながら
描いていますw

♥制服について
どんな制服が可愛いかな～？と
色々悩んだのですが、チョコミントが
最近マイブームなので、ミントカラーな
制服にしてみました♪

♥お世話になった方々
相方のkonomiちゃん
妹のむらさき
そして、ここあさん
たくさん支えて頂いて描きあげる事が
できました。ありがとうございました♥

kino♥

この作品は、第12回エンターブレインえんため大賞小説部門、特別賞受賞作「美少女慟哭屍叫《デススクリーム》セレンディアナ」を改稿・改題したものです。

■ご意見、ご感想をお寄せください。

ファンレターの宛て先
〒102-8431東京都千代田区三番町6-1
株式会社エンターブレイン　ファミ通文庫編集部
根木健太　先生
kino　先生

■ファミ通文庫の最新情報はこちらで。

FBonline
http://www.enterbrain.co.jp/fb/

■本書の内容・不良交換についてのお問い合わせ。

エンターブレイン カスタマーサポート　0570-060-555
(受付時間 土日祝日を除く 12:00～17:00)
メールアドレス：support@ml.enterbrain.co.jp

ファミ通文庫

魔《ま》よりも黒《くろ》くワガママに魔《ま》法少女《ほうしょうじょ》は夢《ゆめ》をみる

二〇一一年三月一一日　初版発行

著者　根木健太《ねぎけんた》
発行人　浜村弘一
編集人　森　好正
発行所　株式会社エンターブレイン
〒一〇二-八四三一　東京都千代田区三番町六-一
電話　〇五七〇-〇六〇-五五五（代表）
発売元　株式会社角川グループパブリッシング
〒一〇二-八一七七　東京都千代田区富士見二-一三-三
編集　ファミ通文庫編集部
担当　川﨑拓也／加藤麻裕子
デザイン　伸童社
写植・製版　株式会社ワイズファクトリー
印刷　凸版印刷株式会社

定価はカバーに表示してあります。

ね1
1-1
1010

ISBN978-4-04-727078-7

○×△べーす
①ねっとりぐちゃぐちゃセルロイド

著者／月本一
イラスト／日高フウロ

スポ根お断りの「ぬるコメ」！

「投げろ!」入学式当日の河川敷《かせんじき》で僕を野球に誘うキャッチャー姿の男。……変態《へんたい》だった。でも、僕は白球を追う青春なんてノーサンキュー。第12回えんため大賞特別賞受賞。変態と金魚の呪い？ に振り回される僕と彼女とときどき野球のぬるま湯日常ラブ？ コメディ開幕！

ファミ通文庫　発行／エンターブレイン

わたしと男子と思春期妄想の彼女たち

1 リア中ですが何か？

著者／やのゆい
イラスト／みやびあきの

愛欲まみれのリア中ラブコメ爆誕!!

日々愛欲に悶える中学生・峰倉《みねくら》あすみ。ある朝、怪しい虚無僧《こむそう》に渡されたコンタクトレンズを通して彼女が見たものは、水着やブルマ、メイド服を纏って教室を占拠《せんきょ》する《妄想少女《もうそうしょうじょ》》たちだった——!? 第12回えんため大賞優秀賞受賞、学校では教えてくれないリア中ラブコメ登場！

ファミ通文庫

発行／エンターブレイン